「ご注文はお決まりですか?」
FELLI=LOSS
CSR No.8
鋼殻のレギオス VIII
ミキシング・ノート

レイフォンVS.ニーナ!!

宿命の戦いが今、幕を開ける——!?

「『週刊ルックン』の取材できました。
一般教養科一年ミィフィ・ロッテンとその連れで〜す」

# 鋼殻のレギオス 8
## ミキシング・ノート

雨木シュウスケ

ファンタジア文庫

1411

口絵・本文イラスト　深遊

# 目次

## 登場人物紹介

●レイフォン・アルセイフ　15　♂
　主人公。第十七小隊のルーキー。グレンダンの元天剣授受者。戦い以外優柔不断。
●リーリン・マーフェス　15　♀
　レイフォンの幼なじみ。ツェルニを訪れ、レイフォンと再会を果たした。
●ニーナ・アントーク　18　♀
　第十七小隊の小隊長。強くありたいと望み、自分にも他人にも厳しく接する。
●フェリ・ロス　17　♀
　第十七小隊の念威繰者。生徒会長カリアンの妹。自身の才能を毛嫌いしている。
●シャーニッド・エリプトン　19　♂
　第十七小隊の隊員。飄々とした軽い性格ながら自分の仕事はきっちりとこなす。
●メイシェン・トリンデン　15　♀
　一般教養科に在籍。レイフォンとはクラスメートで、彼に想いを寄せている。
●ナルキ・ゲルニ　15　♀
　武芸科に在籍。都市警察に属しており、レイフォンの良き友人。
●ミィフィ・ロッテン　15　♀
　一般教養科に在籍。出版社でバイトをしている。メイシェン、ナルキと幼なじみ。
●ゴルネオ・ルッケンス　20　♂
　第五小隊の隊長。レイフォンとの間に、天剣授受者絡みの確執がある。
●アルシェイラ・アルモニス　??　♀
　槍殻都市グレンダンを支配する美貌の女王。その力は天剣授受者を凌駕する。
●リンテンス・サーヴォレイド・ハーデン　37　♂
　グレンダンの天剣授受者でレイフォンの鋼糸の師匠。口、目つき、機嫌が悪い。
●サヴァリス・クォルラフィン・ルッケンス　25　♂
　グレンダンの名門ルッケンス家が輩出した二人目の天剣授受者。ゴルネオの兄。

# プロローグ

あれー?

なにかがおかしい。レイフォンは内心で首を傾《かし》げた。

なんだか、すっきりとしない。

ここは病院だ。

マイアスとの都市対抗《たいこう》戦が終わり、左腕《ひだりうで》の治療《ちりょう》をしてもらった後のことだ。傷《きず》と筋肉《きんにく》と神経《しんけい》の縫合手術《ほうごうしゅじゅつ》はその日のうちに終わった。

「馬鹿《ばか》みたいに連続で入院してくれるおかげで、お前の身体基本《きほん》図はがっちり揃《そろ》ってる。手術もすぐに始められるな」

なんて嫌味《いやみ》を外科《げか》手術を担当《たんとう》したいつもの先輩《せんぱい》に言われ、二時間後には手術は終わった。その後で剄脈科《けいみやくか》の先輩に処置《しょち》をしてもらい。ただいま一泊《ぱく》入院中。左腕は簡易《かんい》ギプスで固められ、腰《こし》の剄脈には細い針《はり》が埋《う》め込《こ》まれたままだ。寝《ね》るならうつぶせになれと言われているので、いまは腰に物が当たらないように上半身を起こしている。

ベッドのそばにはリーリンがいた。

出会った時のままの服装《ふくそう》で、その隣《となり》にはトランクケースが置かれている。ここに到着《とうちゃく》した時のまま、宿泊施設《しゅくはくしせつ》に一度戻《もど》ったりはせず、レイフォンにつき添《そ》い、そのまま居座《いすわ》っているようだ。

その顔が、とても怒《おこ》っている。

それがすっきりとしない原因《げんいん》だ。

(あれー?)

だからレイフォンは首を傾げている。

いや、リーリンに怒られるのはこれが初めてではない。とても、とてもとてもたくさん怒られている。訓練中に服が破《やぶ》けて怒られたこともあるし、弟妹《きょうだい》たちにおやつを作りすぎて怒られたこともある。遊びに熱中しすぎて泥《どろ》だらけになった時もそうだ。洗濯《せんたく》ものまで泥まみれになって凄《すさ》まじく怒られた。

だけど、怒ったその後にはすぐに機嫌《きげん》を直すのもリーリンだ。あまり怒《いか》りを持続させない。

リーリンはいま、じっと黙《だま》ってレイフォンの足を覆《おお》うシーツを睨《にら》みつけている。レイフォンと視線《しせん》を合わせようとはしない。

だから、レイフォンもリーリンの顔を見づらい。仕方ないのでリーリンの髪《かみ》を見た。別れた時からちょっとだけ変わっている。伸《の》びるのだから、ずっと同じ髪型でなんていられないのは、当然だ。まだ一年も経《た》っていないのだし、変化なんてそんなものなのかもしれない。

着ている服は見たことがない。上級学校に入ってから新しく買ったのだろう。よかった、と思った。リーリンは物を大事にするからちょっとやそっとじゃ新しい物を買わないし、裁縫《さいほう》もできるからサイズが合わなくなった服を直したりもする。孤児院《こじいん》にいた時は自分の服を新調するのはいつも最後だった。

そんな彼女が新しい服を着ているということは、それだけ生活に余裕《よゆう》があるということで、そのことには救われた気持ちになる。

「……元気だった？」

「……元気よ」

おそるおそる話しかけると、リーリンはちゃんと答えてくれた。

「レイフォンは、元気じゃないね」

「怪我《けが》してるからね」

ぽつりと返してくれた言葉に、レイフォンは苦い笑《え》みで答えた。ハイアと戦っていた時は麻痺《まひ》していた指先の感覚がもう戻っている。

「……怪我、しすぎじゃない？」

「え？」

「さっきのお医者さんが言ってたじゃない、馬鹿みたいに連続入院って……」

「あ、う、うん」

ああ、聞かれていたんだな。

「ちょっとね」

「グレンダンにいた時は、そんなに怪我しなかったよ」

そういえばそうかもしれない。訓練中の怪我といっても一番怪我をしたのは天剣《てんけん》になって鋼糸《こうし》の練習を始めてからだ。養父の訓練は必要以上の怪我をさせないように心掛《こころが》けていた。必要となれば切り傷打ち身火傷《やけど》に骨折まであのとあらゆる怪我をしたけれど、そうでなければ絶対《ぜったい》に怪我をさせない。養父は人に教えるのがとてもうまいのだ。だけど、リンテンスは違《ちが》う。レイフォンと同じで人に教えるのがとても下手《へた》だ。だからたくさん余計な怪我をした。一度は死にかけた。まぁそれは、リンテンスというよりもレイフォンが悪いのだけど。

「訓練ではしたよ」

「今日みたいな時は、そんな怪我しなかったじゃない」

今日みたいな……つまり、実戦ではということだ。

そう言われればそうなのだが。そもそも汚染獣《おせんじゅう》と戦う時は傷一つ負わないで勝たなければ、汚染物質《ぶっしつ》にやられて死んでしまうのだから当然といえば当然なのだが。

(ああ、でも……そんな理屈《りくつ》)

戦わないリーリンにはわからない。

リーリンが悪いわけではない。これは、一般《いっぱん》市民と武芸者《ぶげいしゃ》との認識《にんしき》の違いなのだろうなと思う。

それに、レイフォンがこのツェルニに来て病院の世話になりっぱなしなのも事実だ。

いろいろと不測《ふそく》の事態《じたい》が連続してこうなってしまっているのだが、首を傾《かし》げるほどではない。

(僕《ぼく》が弱くなってるからだろうな)

そう思う。グレンダンにいた時ほど自分の気持ちが鋭《するど》くないようには思う。それはまぁしかたがないことだ。

「まぁ、あの頃《ころ》とは違うよ」

天剣授受者《じゆじゆしや》が、レイフォンと同等かそれ以上の実力者が十一人もいたグレンダンとは違う。

そう言ったら殴《なぐ》られた。

がつんと、頭を。

「そんなの言い訳《わけ》でもないよ」

こっちをまっすぐに見てリーリンは言った。その目は泣きそうになっていた。

「ごめん」

「次からは、ちゃんと気を付けて」

「はい」

一気に気分がシュンとなり、レイフォンは素直《すなお》に頷《うなず》いた。

「ならよろしい」

対して、リーリンはすっきりとした顔をしていた。目の端《はし》に涙《なみだ》の玉がまだ残っていたけれど、それはすぐに拭《ぬぐ》われた。

(ああ、そうか。反省の態度がなかったからだ)

リーリンがいまだに怒《おこ》り続けていた理由がわかって、レイフォンはほっとした。

リーリンが怒った時のいつもの仲直りの儀式《ぎしき》。

それがすっきりと形になったからか、リーリンも怒《いか》りを収《おさ》め、レイフォンも安心している。

「それにしても、無事にここまでこられてよかった」

放浪《ほうろう》バスでの他都市への旅は命懸《いのちが》けだ。バスの中にいる時に汚染獣に襲《おそ》われてはひとたまりもない。

「汚染獣は見なかったわ」

「よかった」

「でも、ずっとあの中にいるのはけっこう大変ね」

「ほんとに、そうだよね」

「最初は広いと思ったけど、ずっといること考えたらやっぱり狭《せま》いし、換気《かんき》できてるけどやっぱり臭《にお》いはこもってくるし、お風呂《ふろ》も満足に使えないし」

リーリンの愚痴《ぐち》を黙《だま》って聞く。そうすることでリーリンがなにかを取り戻《もど》そうとしているのがわかるからだ。それはきっといつもの自分なのだ。ここに来るまでの間になにかがあったのかもしれない。そうしたものに関《かか》わったことでの変化をいつもの自分の中に収めようとしているのだと思う。

それを見つめるレイフォンもそんな気持ちだから、わかる。

これまでの変化を、生活を、リーリンと当たり前のように暮《く》らしていた過去《かこ》の自分の中に収めていく。収めて、変化を見つめる。自分がこう変わったのだということを再確認《さいかくにん》する。

「……ツェルニに来たら来たで、レイフォンはなんか女の子をたくさんはべらせてるし」

「え、ええ!?」

「レイフォンもちょっと見ない間に変わったよねぇ。いつからそんなに女たらしになったのかしら」

「ちょ、ちょっと待ってよ。隊長のこととか、全部手紙に書いたでしょ?」

「そうだけどねぇ。でも、怪《あや》しいものよね。だって、手紙に書けるわけないもの。『僕、こんなにモテモテで人生楽しくやってます』って。レイフォンここになにしに来てるんだっけ? 勉強のはずだもんねぇ」

「うう、だから違《ちが》うよ。あの人たちは僕によくしてくれてる人たちで。僕は、そんな……」

なんでかわからないが、ひどく落ち着かない気持ちになってレイフォンは弁明《べんめい》した。

「恋人《こいびと》とかそんなんじゃ……それに、あの人たちだって僕のことをそんな風に思ってるわけ……」

「それはどうかしら？」

「へ？」

　リーリンがぽつりと呟《つぶや》いた。それが本当に小さな、かすれるような声だったのでレイフォンは聞き逃《のが》してしまった。

「で？　それじゃあ、あの人たちはどういう人たちなのか、改めて、きちんと、わたしに説明してみなさい」

　ぐっと、顔を近づけてきた。

「ええと、じゃあ……」

　レイフォンがしぶしぶと説明を始める。

（まぁ、あんまり当てにならないでしょうけどね）

　リーリンは知っている。この鈍感《どんかん》な幼《おさな》なじみは他人の心の裏《うら》を推《お》し量《はか》るなんて器用《きよう》な真似《まね》はできない。だからきっと、レイフォンの話すことは本当に表面上のことだけでたいした意味なんてないだろうことを。

　それでも知ることができる。

　レイフォンがこのツェルニで彼《かれ》を取り巻《ま》く女性《じょせい》たちをどう思っているかを。

（はぁ……こんなところまできてなにしてるんだろ、わたし？）

ちょっと自分にうんざりとしながらも、リーリンは話を聞く。

「えっと……誰《だれ》から話そうか？」

「そうね、それじゃあ……」

レイフォンは表面上のことしか話さない。

それなら、その裏にあるものを推測《すいそく》するのは、リーリンの仕事だ。

# インタールード　01

「それじゃあ、あのきれいな女の子は誰《だれ》？　わたしを案内してくれた子」

「ああ、フェリ先輩《せんぱい》？」

「先輩？　嘘《うそ》……」

「うん、あの人は二年生だよ」

「ああ、そうよね。レイフォン一年生だもんね。ああ、でも年下だと思っちゃった。悪いことしちゃったかな？」

「なにかしたの？」

「え？　ううん。そういうことはないんだけど」

「なら、気にしなくていいんじゃないかな？」

「ううん……でも、ちょっとそういうの気にしそうな人に見えたけど」

「ああ……そうだね、フェリ先輩はちょっと神経質《しんけいしつ》なところがあるかも」

「なにもしてないのに謝《あやま》るのも変だし、困《こま》ったなぁ」

「ちゃんと気付いて、直そうと思ってるんだからいいんじゃないかな？」

「そうかな？　じゃあ、あの人は手紙のとおりに念威繰者《ねんいそうしゃ》なの？」

「うん。すごい人だよ。念威で髪《かみ》が光るところなんて初めて見たからね。デルボネさんもできるのかな？　会ったことないからわからないけど」

「え？　デルボネ様って天剣授受者《てんけんじゅじゅしゃ》でしょ？　年始の行事の時とかは陛下《へいか》の隣《となり》に立ってるじゃない」

「ああ、その人は代理の人だよ。ちゃんと揃《そろ》ってないとだめでしょ？」

「へぇ、そうなんだ」

「うん。あ、それでフェリ先輩はね、念威の天才なんだ」

「あ、光るところはわたしも見たわ。すごくきれいだったなぁ」

「でも、本当はこのまま念威繰者でいることに疑問《ぎもん》を持ってて、そのためにツェルニに来て他《ほか》のことを学ぼうとしたんだけどね。生徒会長のお兄さんに武芸《ぶげい》科に転科させられちゃったんだ」

「レイフォンもそうなのよね？　ひどいお兄さんだなぁ」

「そうなんだよね。でも、あの人はあの人なりに、もしかしたらなにか考えているのかもしれないんだ」

「そうかもしれないけど、でもひどい話よ。お兄さんなら応援《おうえん》するべきじゃない」

「うん、それは本当にね、そう思うよ」

# クール・イン・ザ・カッフェ

その日、レイフォンは別に珍《めずら》しくもなんともないごく普通《ふつう》の日常《にちじょう》を過《す》ごしていた。

朝起きて、学校に行き、夕方までの授業を滞《とどこお》りなく消化して、小隊の訓練を済《す》ませた。

学園都市ツェルニの武芸科一年生であるところのレイフォン・アルセイフにとっては、これといって特筆すべきこともない日常でしかなかった。

小隊の訓練もいつもどおりに消化された。やる気満々な隊長のニーナに対して、やる気があるんだかないんだかわからない年長者のシャーニッドに、完璧《かんぺき》なやる気ゼロを体現《たいげん》してやまないフェリに、出された訓練メニューを黙々《もくもく》とこなすレイフォン。

訓練が終わればさっさと出て行くフェリの姿《すがた》もまた、日常のひとコマでしかなかった。

ただ、この日はフェリの次に早く帰るはずのシャーニッドがにやにや顔でレイフォンを待っていた。

「よう、今日はバイトないよな？　なしに決まってるよな、当たり前に」

「いや、あの」

今日は久《ひさ》しぶりにしっかりと汗《あせ》をかいたので、シャワーを使ってさっぱりした後のことだった。ニーナはすでに帰っていて、野戦グラウンドの控《ひか》え室にはすでに帰り支度《じたく》を済ませたシャーニッドが、なぜかわからないがハイテンションな様子で扉《とびら》の前に立ちふさがっていた。

「ないよな？　こんな日に仕事だなんて言ったら、ちょっとお前さんのアンラッキーぶりを笑わないといけないぜ、腹《はら》を抱《かか》えて、三回転ひねりぐらいできそうな勢《いきお》いで」

「……よくわかんないテンションはやめましょうよ、先輩《せんぱい》。バイトないですけど……」

「よし、ならお前はラッキーメンだ。ともに今日という日の愉快《ゆかい》を共有しに行こう。おれが男を誘《さそ》うなんてかなり特別だぞ」

肩《かた》をがっしりと摑《つか》まれると、そのまま強引《ごういん》に野戦グラウンドの外まで連れていかれた。

「なんなんですか、一体……？」

「それはついてのお楽しみだ」

なんとか離《はな》れたレイフォンに、シャーニッドは楽しそうに笑いながら先を歩いていく。

レイフォンはわけがわからないままその後を追いかけた。

†

自律型移動都市《レギオス》。これが世界の全《すべ》てだ。

世界を覆《おお》った汚《お》染物質《せんぶっしつ》によって普通の生命体が大地の上で生きることが困難《こんなん》となり、人々は世界汚染以前に錬金術師《れんきんじゅつし》たちが遺《のこ》した自律型移動都市《レギオス》の上で今までと変わることのない日常を、変わっていたとしてもわかるはずのない日常を繰り返す。

放浪《ほうろう》する都市の上で。

本当の世界で生きる汚染獣《じゅう》という名の脅威《きょうい》と戦いながら。

†

「ここだ」

自信満々なシャーニッドに連れてこられたのは喫茶店《きっさてん》だった。レストランと名乗ってもいいぐらいの大きさの店舗《てんぽ》で、入り口前に置かれたメニューにはがっちり食事できるものも並《なら》んでいるのだが、看板《かんばん》には「喫茶ミラ」と書かれている。クラスメートのミィフィが可愛《かわい》い制服《せいふく》を着たウェイトレスが売りだと言っていたような気がする。

「あー……先輩ってこういうのも好きなんですか？」

男性《だんせい》客にはとても人気だが、女性客には不人気だとも言っていた。持ち前のマスクと飄《ひょう》飄《ひょう》とした性格でいろんな女性と遊んでいるシャーニッドには、逆《ぎゃく》に雰囲気《ふんいき》が合わない気がする。

「可愛い女の子は世界遺産《いさん》だぞ。遺《のこ》せないけどな」

自分の冗談《じょうだん》に笑いながらシャーニッドが店に足を踏《ふ》み入れた。

「いらっしゃいませ！」

黄色い声で出迎《でむか》えられてレイフォンは一瞬《いっしゅん》、心の中でのけぞった。ピンク色でフリフリの制服を着た女の子たちが連鎖《れんさ》的に入り口にいたレイフォンたちに声をかけてくるのだ。

「おお……」

「お二人様ですか？　ご案内しますね」

レイフォンが呆然《ぼうぜん》としている間に、はきはきとしたウェイトレスに案内されてテーブルに辿《たど》り着いた。

レイフォンが先に座《すわ》っていると、シャーニッドがウェイトレスになにか耳打ちしていた。くすくすと笑《え》みを零《こぼ》してウェイトレスが頷《うなず》き、メニューを置いて去っていく。

「なんですか？」

「お楽しみは秘《ひ》めてるからいいんだよ。それより、奢《おご》ってやるから好きなの食べな」

「はぁ……」

妙《みょう》に上機嫌《じょうきげん》なシャーニッドを気味悪く思いながら、メニューを見る。

「ていうか、お前さんもまじめだよな。やんなくても十分強いだろうに」

シャーニッドがメニューを見ながら訓練の話をした。

「まじめというつもりもないですけど、考えるよりは体動かしてる方が楽ですからね」

「そういう性分《しょうぶん》、わからんでもないけどな。まっ、対抗《たいこう》試合なんて結局お遊びだよな。本番の武芸《ぶげい》大会に比《くら》べりゃ」

「先輩は前の時には、参加してたんですか？」

「一応《いちおう》な。だけどあの頃《ころ》は小隊にいなかったからな、末端《まったん》の兵士で、のんびりと後方支援《しえん》させてもらってたさ。

……次の本番で勝てないとシャレにならないから、どこの小隊もけっこうマジにやってるけどな。そのぶんいろいろと面白《おもしろ》い試合が起こって、おれの懐《ふところ》もなかなかあったかい」

「……賭《か》け事してるんですね」

「まじめだけじゃ、世の中楽しくないって」

普通《ふつう》の武芸者からしたら賭け事なんて許《ゆる》されない行為《こうい》だが、それを平気でやってしまうのがシャーニッドであるのかもしれない。

聞かなかったことにして、レイフォンはメニューを閉《と》じた。

「お、決まったか？　んじゃ、おーい」

シャーニッドが手を振《ふ》ってウェイトレスを呼《よ》ぶ。

「で、結局、なんでここに来たんですか？」

「そりゃ、もうすぐわかるって」

ニヤニヤ笑って答えようとしないシャーニッドに、レイフォンは視線《しせん》のやり場もなく窓《まど》から外の景色を眺《なが》めていた。

すぐに、人の気配がレイフォンたちのテーブルにやってきた。

「注文を……」

入り口で迎えてくれたウェイトレスたちとは明らかに違《ちが》うテンション……というか不機嫌？　とてつもなく陰気《いんき》で怒《いか》りに満ちた声に、レイフォンは聞き覚えがあるような気がした。

「あ……」

「……む」

振り返ると、そこにはとても見知った顔があった。

訓練以外の時は流したままの白銀の長髪《ちょうはつ》は後ろで高くくくられて、しかもくくっているのが大きなリボンだ。線の細い顔に、どこまでも整った目鼻が乗っている。長い睫《まつげ》が震《ふる》えているのはきっと怒《おこ》っているからに違いない。

「フェリ……先輩《せんぱい》？」

「ご注文は？」

呆然としながら呟いた言葉は、鉄壁《てっぺき》の拒否《きょひ》に撥《は》ね返された。

フェリに違いない。

というよりも、こんな特徴《とくちょう》の美少女がツェルニに二人もいるはずがない。同じ第十七小隊に所属《しょぞく》する武芸科の生徒で、レイフォンの一つ上の先輩、生徒会長の妹で念威《ねんい》の天才……そんな人物のそっくりさんがツェルニにいるなんて話は聞いたこともない。

しかし、そのフェリが……あの、どこまでも無表情《むひょうじょう》を貫《つらぬ》き通すあのフェリが……不機嫌と無関心を代名詞《だいめいし》にするようなあのフェリが、ピンクのフリフリした衣装《いしょう》を着てこんな店でウェイトレスをしているなんて信じられない。

でも、目の前にいる。

しかも、胸《むね》につけられた名札には研修《けんしゅう》中の文字とともに『フェリ・ロス』と書かれていたりする。

「なにしてるんですか？」

「……ご注文はお決まりでしょうか？」

二度目の質問《しつもん》も黙殺《もくさつ》されてしまった。

ぷるぷると震えていたシャーニッドが、ついにこらえきれずに大声で笑い始めた。

それでもフェリは怒って去ってしまうこともなく、頬《ほお》のあたりを引きつらせながら繰《く》り返した。

「ご注文はお決まりですか？」

……一体、なんの悪夢《あくむ》なんだろうと思った。

†

そもそもの失敗は、就労情報誌《しゅうろうじょうほうし》を読んでいるところをシャーニッドに見つかってしまったことだ。

フェリは厨房《ちゅうぼう》で手にしたトレイを捻《ね》じ曲げんばかりに握《にぎ》り締《し》めてそう思った。

周りにはフェリと同じピンクの、可愛《かわい》さ最優先《さいゆうせん》な衣装を着たウェイトレスが忙《せわ》しげに動き回っている。胸の大きな子にはその大きさを強調するタイプの服まであったりして、大《たい》抵《てい》の女の子はパッドなどを使用して増量《ぞうりょう》することでそちらの服を着ている。フェリにもその提案《ていあん》はされたのだが、断固《だんこ》拒否した。

……というよりも、こうなることがなんとなく予想できたからしなかったのだ。

物陰《ものかげ》から、いまだにヒィヒィ言っているシャーニッドを呪《のろ》い殺さんとばかりに睨《にら》み付ける。

「バイト探《さが》してんのか？」

シャーニッドがそう言ったのは、昼休憩《きゅうけい》に一人で昼食を済《す》ませた後、そのままそこでお茶をしながら情報誌を読んでいた時だ。

「あ……」

後ろからフェリの頭越《あたまご》しに開いている薄《うす》い雑誌《ざっし》を覗《のぞ》き込《こ》んでいるシャーニッドに気付いて、フェリは慌《あわ》てて閉《と》じた。だが、そんなことをしても雑誌の表が露《あらわ》になるだけで、隠《かく》していることにはならなかったし、そもそも、そこから素早《すばや》く鞄《かばん》に放《ほう》り込んだところで武芸《ぶげい》者《しゃ》の動体視力をごまかせるはずもない。

しかもシャーニッドは小隊では狙撃手を担当《たんとう》しているのだ、素《す》の視力だけでも普通《ふつう》の武芸科生徒より上だ。

「……悪いですか？」

「うんにゃ、悪くねぇよ。けど、お嬢《じょう》なフェリちゃんがバイト探《さが》しなんてしてるってのは、ちょっとちぐはぐな光景だしな。どした？　親の仕送りがまだ来てなくて今月ピンチだとかか？」

「そんな……」

わけないでしょう……そう言いかけて、フェリは口をつぐんだ。お金はちゃんと親から仕送りされているし、その額《がく》は、よくは知らないが他の学生よりもはるかに多いことだろう。そのお金も兄が完璧《かんぺき》に管理しているので無駄《むだ》に浪費《ろうひ》してしまうということもない。金銭《きんせん》的な理由では、バイトをする必要なんて全然ない。

しかし……

「……いえ、そうです。兄が少し調子に乗って本を買いすぎたものですから」

とりあえず、兄の責任《せきにん》にしてみた。

「へぇ、あの会長さんがね。都市の予算大丈夫《だいじょうぶ》なのかね」

あまり本気の様子でもない心配を口にしながら、シャーニッドが顎先《あごさき》を撫《な》でて考える仕草を見せた。

「なぁ、とりあえず、てっとりばやく金になったらいいのか？」

「……怪《あや》しいものでなければ」

「合法合法、問題なく合法。料理をぱぱっと運ぶだけの仕事さ」

軽く笑うシャーニッドを信頼《しんらい》したわけではない。

ただ、その場にあった勢《いきお》いのようなものに乗ってみよう、そう思っただけだった。

それが、こんなことになるだなんて。

「くっ……覚えていなさい」

嘘《うそ》は吐《つ》いていない。それは本当だ。注文を取り、料理をテーブルに運ぶだけというのは本当だが、まさかこんな衣装《いしょう》を着せられる店に連れてこられるとは思わなかった。

「はーい、新人ちゃん。仕事には慣《な》れたかしら？」

「……いま、メニューを覚えているところです」

声をかけられ、フェリは振《ふ》り返った。

しかしなにより、こんな……

「そう？　フェリちゃんは優秀《ゆうしゅう》そうだからすぐに覚えられるかもね」

こんな男に雇《やと》われるとは。

ピンクのフリフリスーツという奇々怪々《ききかいかい》な衣装で女性《じょせい》的な言葉を遣《つか》う男は、フェリににっこり微笑《ほほえ》みかけると、ウェイトレスたちに呼《よ》びかけた。

「さあさ、思う存分《ぞんぶん》にあなたたちの可愛さを見せつけてあげなさい。うちのモットーは？」

「可愛さ至上主義《しじょうしゅぎ》!!」

「その通り！」

ウェイトレスたちの返事に嬉《うれ》しそうに頷《うなず》く店長を見て、フェリは頭が痛《いた》くなってきた。

†

「シャーニッドくんのおかげでたすかったわぁ」

悪夢《あくむ》が増《ふ》えた。そう思いながら、レイフォンはピンクのスーツを着た男を見ないようにして食事を続けた。

「最強だろう？」

「最強よう。うちは最初にああいう制服《せいふく》を作っちゃったこともあって、胸《むね》を強調するのを選んじゃう子ばっかりになっちゃったけど、だからこそあの子のクール&ロリは映《は》えるというものだわ。いまから新しい制服をデザインしたいぐらいね」

「レイフォン、こいつはな、一年の時のおれのクラスメートで今は服飾《ふくしょく》に進んでるんだ」

「ジェイミスよ、よろしく。気軽にジェイミーって呼んでね」

「はぁ、どうも」

「普通に服の店をやるのはつまらんからって、この店を始めちまってな。大当たりしていまじゃ、大繁盛《だいはんじょう》だ」

「ちゃあんと、ここでデザインした服をベースに普通の店もしてるけどね」

「そっちはぼろぼろだろ？」

「そうなのよねぇ、世の女の子はあの服の可愛《かわい》さが理解《りかい》できないのかしら？」

わかるようなわからないような……とにかくノーコメントを貫《つらぬ》いて、レイフォンは聞き手に徹《てっ》することにした。

「おかげであっちの店を維持するためにこっちをがんばらないといけなかったりで、いろいろと大変なのよ。ライバルなんかも増えたり、そのせいかバイトに来てくれる子も減《へ》ったり、引き抜《ぬ》かれたりして……シャーニッドくんがたすけてくれなかったら危《あぶ》なかったかもしれないわね」

「……さっきから話題になってるのって、やっぱりフェリ先輩《せんぱい》のことですよね？」

なんとなく、レイフォンにも裏《うら》が見えてきたような気がした。

フェリが自分からこの店でバイトしようとするとは、どうしても思えない。

「そうそ、あいつがバイト探《さが》してたんでな、おれがここを紹介《しょうかい》したわけ」

「はぁ……」

きっと、とても説明不足の状態《じょうたい》でここに連れてこられたんだろうな……レイフォンはフェリに同情《どうじょう》した。

それにしても、いままでバイトをしていなかったフェリがどうしてバイト探しなんてしていたんだろうか？

「とにかく、おかげでライバル店から一歩リードした感じよね。彼女には隠《かく》れファンも多いって話だし。売り上げ一位はうちのものよ」

「何の話してるんですか？」

「ん？　ああ……最近、この辺りに似《に》たような店が集中しすぎてな。客の食い合いでどこの店も収益《しゅうえき》が落ちてんのさ」

「ほんと、うちができるまではどこにもそんなのなかったのよ。それなのに人気が出たとたんにこの有り様。やるなら別の場所でやればいいのに近場で集まっちゃってさ。迷惑《めいわく》ばっかりなのよ」

「まっ、この手のが好きだって客層《きゃくそう》がたくさんいるわけもないと思うがね。そういう意味では一箇所《かしょ》に集まってんのは正解《せいかい》だとも思うけど……どっちにしてもこのまんまだといろんなところが共倒《ともだお》れしちまう」

「競争も過度《かど》になっちゃうと不健康な経済《けいざい》を生んでしまうしね」

「そういうわけで商業科から調停が入ってな、次の一週間の売り上げ勝負で何軒《けん》かの店は売り上げ上位の店に吸収《きゅうしゅう》されちまうことに決まったんだ」

「本家の意地《いじ》として、ここはトップを取りたいのよね。けど、いまのままだとちょっと押《お》しが足りなくてねぇ。他《ほか》のところはうちを見本にしていろいろと趣向《しゅこう》を凝《こ》らしてるから、どうしてもあと一つが足りないのよねぇ。衣装《いしょう》を短期で総替《そうが》えする作戦でとりあえずはなんとかなってるし、来週は毎日衣装を替《か》えるって告知してるからそれなりにお客は呼《よ》べると思うんだけど……」

「まっ、作戦だけでどうにかならないところは、人的パワーで押し上げようってわけさ」

「それで、フェリ先輩《せんぱい》ですか」

「そういうこと」

わかるようなわからないような……なんとなく微妙《びみょう》な線だなぁと思う。

「それ……先輩知ってるんですか？」

「知ってるわよう。来週分の給料まで前渡《まえわた》ししちゃったもの」

「はぁ、なるほど」

一週間……慣《な》れないことをする一週間はとても長いだろうと思う。

しかも、フェリのイメージからはとてつもなくかけはなれた仕事だ。

（大丈夫《だいじょうぶ》かな？）

†

あまり大丈夫ではなかったりしている。

「ご注文は……」

「あ、えと……ハンバーグセットを」

「ドリンクはいかがいたしましょう？」

「はい……アイスティーで」

「一緒《いっしょ》にお出ししましょうか？　食後がよろしいですか？」

「食後でお願いします」

「はい、少々お待ちください」

淡々《たんたん》と……周囲のピンクの空気を超越《ちょうえつ》した無表情さに、客の方が恐縮《きょうしゅく》しまくっていた。

フェリはそんなことはおかまいなしにテーブルから去っていく。フェリの去ったテーブルで、緊張《きんちょう》が抜《ぬ》けておもいっきり息を吐《は》いている客の姿《すがた》があった。

「フェリちゃん、笑顔《えがお》よ笑顔」

厨房《ちゅうぼう》に注文を通したところで、店長にそう言われた。

「笑顔……ですか？」

「そう。お客様に最上のスマイルをお見せして」

「笑顔……」

「そう。別に心からの笑みでなくてもいいのよ。でも、愛想笑《あいそ》いとかでもだめ。作り笑顔でもいいから、あなたを歓迎《かんげい》しますっていう感じの笑顔。ほら、他の子たちを見て」

促《うなが》されて店内で働く他のウェイトレスたちを見る。

明るい雰囲気《ふんいき》で笑顔を振《ふ》りまく姿がそこら中にあった。

同時に、それを見て照れた様子になったり鼻の下を伸《の》ばしたりする男の姿も見えたりする。

「………」

フェリの視線《しせん》を追ったのか、店長がさっと言葉を付け足してくる。

「客を見なくてもいいのよ。歓迎しますがだめなら、わたしの可愛《かわい》さを見せ付けてあげるわでもいいわよ」

それもまた難問《なんもん》だ。

「うちは別に肩肘《かたひじ》張った接客《せっきゃく》はしなくてもいいから。どっちかと言うとフランクな方がいいくらいいよ。明るい感じで友達に接するようにね」

「フランク……」

「だめ？」

店長も、だんだん不安になってきたようだ。

「笑顔とか、したことないですから」

「あら、あなたのお兄さんとか笑顔のうまい人じゃない。あの作り笑いは見事よね」

「なに考えてるかわかりません」

「腹の底でなに考えているかなんてどうでもいいのよ。笑顔の方が印象がいい。それを知っているから、あなたのお兄さんは笑っているのよ」

「はぁ……」

「じゃ、笑う練習してみましょう。あの子たちを参考にして、いらっしゃいませって言ってみて」

「……いらっしゃいませ」

「うう～ん、笑ってない。もう一回ね」

「いらっしゃいませ」

「だめだめ、もっと頬《ほお》の力を緩《ゆる》めて」

「いらっしゃいませ」

「今度は目が笑ってないわねぇ」

「いらっしゃいませ」

「硬《かた》いのよねぇ」

「いらっしゃいませ」

「まだまだね」

「いらっしゃいませ」

「もう一声」

「いらっしゃいませ」

「あなたならできるから」

……延々《えんえん》と続いた。

一時間ほど経《た》った後。

「……ちょっと、休憩《きゅうけい》しましょう」

先に店長が音《ね》を上げた。

「あ、あなたの強情《ごうじょう》ぶりもなかなかのものね」

「……強情のつもりはないんですが」

「本当に、笑ったことがないわけね」

フェリ自身はとても戸惑《とまど》った表情をしているつもりなのだが、相手にはそれが通じている様子がない。

昔からそうだ。フェリの表情は家族以外の人にはとても伝わりにくい。

「あまりないです」

だから、こう言うしかない。

汗《あせ》を拭《ぬぐ》い、店長は少し考えてから言った。

「いいわ、もうこうなったらうちのイメージに合わせるのはやめましょう」

「はぁ……」

「あなたはあなたの持ち味で勝負しましょう。クール&ロリ。来週は制服《せいふく》もあなた専用《せんよう》を用意するわ。ふふふ……久《ひさ》しぶりに面白《おもしろ》くなってきたじゃない」

「いえ、あの……」

「そうと決まったらこうしてはいられないわ。一日一着……うふふふ、鬼《おに》になるわよぉ。うふふふふ……」

店長が不可思議《ふかしぎ》なステップを踏《ふ》んで去っていくのを、フェリは止めることができなかった。

別に相手に自分の意思が伝わらないことを苦に思ったことはない。他人の考えはどうでもいいことだと思っていたし、自分のことを他人がどう思おうと、それもどうでもいいことだった。

いままでは……

正直、辞《や》めたい。

お金に困《こま》っているわけじゃない。

この仕事を魅力的《みりょく》だと思ってるわけじゃない。

この仕事をどうしてもやりたいわけでもない。

もう、真正面から店長の顔にもらった給料を叩《たた》きつけて逃《に》げ出したい。

「あ～～～～～～～～～～～～～～～～っ!!」

いや、本当に。

「もう！　もうもうもうもうもう!!　天才！　わたし天才!!　超《ちょう》天才!!　天はわたしにこれ以上ない才能《さいのう》をお与《あた》えになったわ。むしろわたしが天？　失われた信仰《しんこう》はわたしの下《もと》に集《つど》ったりする？」

奇声《きせい》を上げてもだえる店長の前から逃げられるのなら、本当にそうしようかと思ってしまう。

「あの……」

「そう、神よ。わたしは神なのよ。そしてわたしはこう言うのよ。可愛《かわい》さよあれ。可愛いは正義《せいぎ》。そして……わたしは可愛いの下に召《め》されるであろう」

「どうでもいいですから正気に返ってください」

「あ、ああ、ごめんなさい。想像《そうぞう》以上の出来にちょっと違《ちが》う世界に行っちゃったわ。気にしないでね、よくあるみたいだから」

「……よくあるんですか」

いまだに興奮《こうふん》の余韻《よいん》で体を震《ふる》わせている店長から数歩距離《きょり》を取り、フェリは改めて自分の着ている制服を見下ろした。

変わって……いるんだろう。デザインは確《たし》かに他のウェイトレスたちが着ているフェア専用日替《ひが》わり制服とは違う。だが、ピンク色であることは間違いないしフリフリであることも否定《ひてい》できない。

色がどピンクからピンクに変わったというのが、なんとかフェリに表現《ひょうげん》できるギリギリのラインだった。

「あなたに一番似合《にあ》うのはやっぱり青とか黒なんじゃないかなとも思うんだけどね。でも、それに素直《すなお》に従《したが》うのはやっぱりどうかなと思うわけなのよ。あなたの世界も広がらない。わたしの才能も広がらない。なによりわたしのこだわりが敗北するというのも許《ゆる》せないものね。可愛さを目指す者よ、汝《なんじ》ピンクを目指せ」

「そんな格言《かくげん》は作らないでください」

「でもこれは、わたしの譲《ゆず》れないものなのよねぇ。困った困った」

まったく困った様子もなく、制服の出来に満足している店長を見ていると何も言えなくなる。

「さあ、みんな。今日から一週間がんばってちょうだい。あなたたちは可愛さ至上《しじょう》主義を守るために選ばれた戦士。世界の可愛さを守るため、勇気と希望を胸《むね》に精一杯《せいいっぱい》の笑顔をお客さんたちに振《ふ》りまいてあげてね。あなたたちの大切なものを守るために。大切なもの、それはなに？」

「もちろんお給料!!」

こうして、店長の涙とともに売り上げ競争が始まった。

†

「さてさて、どういう結果になっているかなっと」

「って、なんでこんなところからわざわざ……」

訓練後、レイフォンはまたもシャーニッドに連れられてこんなところに来ていた。

こんなところとは、なにかのビルの屋上だ。貯水槽《ちょすいそう》の上から内力系活剄《けいかつけい》によって視力《しりょく》を強化して喫茶店《きっさてん》の様子を探《さぐ》るシャーニッドに、レイフォンはげんなりとして尋《たず》ねた。

「近場で覗《のぞ》いてたらフェリちゃんに怒《おこ》られるかもしれんだろ？」

「そりゃあ、そうですけど……」

「さすがにバイト中には念威《ねんい》使ってないだろうからな」

「いや、そういうことが言いたいわけではなくてですね」

「変な妨害《ぼうがい》とかあったら、おれの賭《か》け金が無駄《むだ》になるし」

「賭けてるんですか……」

「当たり前だろう。だから最終兵器を用意したんだからな」

「最終兵器って」

「まぁ見てみろって。あれが最終兵器じゃなかったらなにが最終兵器なんだっての」

シャーニッドにがっちりと首に腕《うで》を巻《ま》かれ、レイフォンはしぶしぶと活剄を使って喫茶店の様子を眺める。

店内には、客が満ちていた。

その中をピンク色の女性《じょせい》たちが動き回っている。

客のほとんどがブレザー姿《すがた》の男子生徒で占《し》められている店内で、ピンク色の彼女《かのじょ》たちの姿は目がチカチカしてくる。

その中で、一際《ひときわ》男たちの視線を集めているのがフェリだ。

専用《せんよう》の制服《せいふく》に身を包んだフェリはいつもの無愛想《ぶあいそう》で武装《ぶそう》してトレイを持って移動《いどう》している。ぽかんと口を開けた客の前にディナーセットを置いて去っていくその姿に愛想は欠片《かけら》もない。

それでも、店内にいる男たちの視線や雰囲気《ふんいき》が不満を帯《お》びるということはない。

「どうだ?」

「いや……」

なんとも表現しづらい状況《じょうきょう》だなぁというのが、レイフォンの感想だった。

フェリの無愛想、無表情《むひょうじょう》はいつものことだ。さらにそこに、不本意の文字がでかでかと掲《かか》げられているような機嫌《きげん》の悪さだ。そんな彼女に料理を運ばれても緊張《きんちょう》するばかりだと思うのだけれど……

「わかってないねぇ」

シャーニッドが首を振る。

「愛想振りまかないからいいんだよ。見てみろ、周りの可愛《かわ》い子ちゃんたちはみんな愛想振りまいてるだろ? あんな中でおんなじ笑いしてたって、ちょっと可愛《かわい》い子がいるなで終わっちまう。それは、いくらフェリちゃんがずば抜《ぬ》けてたってしかたねぇ。それが制服効果《こうか》って奴《やつ》だ。おんなじものを着ておんなじことをしてりゃぁ、多少の個性《こせい》は埋没《まいぼつ》してしまうんだ。その差がわかるのは、おんなじ集団にいる奴《やつ》だけだ。だが、フェリちゃんは違《ちが》う。制服が同系統《けいとう》ながら違う。その上、他《ほか》の子が当たり前にしてる愛想だって使わねぇ。なんだ？ って思う。思わせたら勝ちだ。ただでさえずば抜けた容姿《ようし》してるんだから、なんとかあの子の笑顔《えがお》を見てみたいなって思う。接客用《せつきやく》のスマイルじゃねぇ。本物の笑顔だ」

本物の笑顔。

そういえば、レイフォンも見たことがない。

「先輩《せんぱい》は、フェリ先輩が笑ってるとこ見たことあります？」

「ない。あいつにはすでにファンクラブがあるが、そいつらも笑顔の写真を撮《と》ることには成功してねぇ。けっこう高額《こうがく》で買う奴がいるから何とかしたいところではあるけどな」

「そういえば、そのケースの中に入ってるのはなんですか？」

シャーニッドの横には、肩《かた》下げベルトの付いたケースが置かれていた。

「報道《ほうどう》やってる奴から借《か》りた、超望遠カメラ」

「狙《ねら》ってますね」

「もちろんだ」

自信満々にそう言われ、レイフォンはため息を吐《つ》いた。

そのまま、不意に思いついて周囲の気配を探《さぐ》ってみる。

「……なんだか、たくさん人が隠《かく》れてるんですけど」

「ファンクラブの連中だな。ちっ、さすがに動きが早い。この際《さい》、営業《えいぎょう》スマイルでもかまわないって開き直りやがったか」

シャーニッドが焦《あせ》った様子でケースからカメラを取り出して構《かま》える。その姿はすでに獲《え》物《もの》を定めた狙撃手《そげきしゅ》と化していた。

「なんだかなぁ」

目の前で殺到までして完全に気配を消したシャーニッドに、レイフォンは静かに頭《かぶり》を振《ふ》った。

と、活剄で強化したままの感覚器官……正確《せいかく》には耳に、異変《いへん》の兆《きざ》しが届《とど》けられた。

†

ガシャン……とフェリの前に料理がぶちまけられた。トレイの上にあった料理だ。パスタが床《ゆか》に広がり、ミートソースがさらに広範囲《こうはんい》に飛び散る。料理を失った皿とトレイがカラカラと音を立てて回転している。

店中のウェイトレスが失礼しましたと連呼《れんこ》する中で、フェリは背後《はいご》を振り返った。

誰《だれ》かがフェリの背中を押《お》した。それでバランスを崩《くず》して料理を落としてしまったのだ。

しかし、振り返ってみてもそばには誰もいなかった。

(やられた?)

後ろからぶつかるようにして背中を押した誰かは、そのまま、フェリの意識《いしき》が落ちる料理に向かっている間に、移動してしまったのだ。

(わざと? 誰?)

「おい、一言もなしかよ!?」

いない誰かを探《さが》していると怒声《どせい》が叩《たた》きつけられた。それはすぐそばにあったテーブルにいた客で、制服《せいふく》のズボンには飛び散ったミートソースが点々と染《し》みを作っていた。

「ぶっかけといて無視《むし》かよ。どんな接客だ」

モップを持ってきていたウェイトレスが立ち上がった客を見て足を止めた。

武芸科《ぶげいか》の制服を着ていた。顔には怒《いか》りがはっきりと浮《う》かんでいる。

店内が、シンと静まり返った。

「申し訳《わけ》ありません」

フェリはすぐに頭を下げた。

「謝《あやま》ったらこの汚《よご》れが取れんのかよ」

下げた頭にかかってきた言葉に、フェリはすぐに客の男が本気で怒《おこ》っていないことに気が付いた。

怒っている演技《えんぎ》をしているだけだ。

そうと気付いて、フェリはすぐに腰《こし》の感触《かんしょく》を確認《かくにん》した。剣帯《けんたい》はない。もちろん、錬金鋼《ダイト》を隠し持っているわけもない。

懲《こ》らしめてやろうと思っている自分に気付いて、フェリはすぐに自分がいまなにをやっているのか思い出した。

(接客をしてるのだから、それはだめ)

「おい、なんとか言ったらどうだ？」

「申し訳ありません」

頭を下げたまま、フェリは同じ言葉を繰《く》り返した。それ以外に言う言葉が思いつかない。

「まぁまぁまぁ！　申し訳ありません、お客様」

ギスギスとした雰囲気《ふんいき》を振り払《はら》うような甲高《かんだか》い声とともに、店長が現《あらわ》れてさっとフェリの前に立った。

「申し訳ありません。クリーニング代はお出しします。料理の方も無料でかまいませんので、許《ゆる》していただけないでしょうか」

「そう言うのが聞きたいんじゃないんだよ」

「えっ、あら、なにを……あれぇぇ」

客は演技のような悲鳴を上げる店長を押しのけてフェリの前にやってきた。

「来た時から気に入らなかったんだよ。澄《す》ました面《つら》しやがって、客に愛想《あいそ》笑い一つもできないのがむかつくんだよ」

それはしごく妥当《だとう》な発言のように思えた。が、そういう冷静な部分を押し分けてずきりとした痛《いた》みを感じさせる言葉だった。

笑顔《えがお》をうまく作れないのは自分でも気にしている。店長と一緒《いっしょ》に練習した時は、たとえあまりしたことがなくても笑顔になるぐらいはできると思っていたのにできなかったのが、かなりショックだった。

「申し訳ありません」

でも、いま笑顔になったからといってこの場が解決《かいけつ》するわけでもない。うまくできる自信もない。

フェリは、ただひたすらに頭を下げ続けた。

「すいません」

控《ひか》え室で、フェリは店長に頭を下げた。

「いいのよう。客商売をしてたら、こんなのはよくあることだわ」

店長は気楽に笑って手を振《ふ》る。

あの客は結局、クリーニング代を受け取って帰っていった。フェリはしばらく休憩《きゅうけい》を取るということにしてウェイトレスたちの更衣室《こういしつ》も兼《か》ねているこの場所にいた。

店長が持ってきてくれたカップを両手で持ち、お茶の表面を眺《なが》める。水面には細かな波《は》紋《もん》が何度も起こっては消えていた。

「……やっぱり、わたしには接客は向いてないのでしょうか？」

愛想笑い一つもできない。客の言葉がずっと頭に張《は》り付いている。あの場面、兄ならどうしていただろう。そう考えてしまう。きっと、うまくまとめてしまうことだろう。いや、それ以前に客に文句《もんく》を言われるような真似《まね》をするとは思えない。

でも、フェリにはできない。どうしていいのかまるでわからなかった。

「まぁ、接客業《ウェイトレス》は比較《ひかく》的簡単《かんたん》な仕事の部類に入ると思うけど、もちろん向き不向きはあると思うわね」

「では……」

「でも、あなたが向いてないとは思わないわよ」

「え？」

「メニューを覚えるのは早いし、料理を運ぶ動きにも無駄《むだ》はない。お客の捌《さば》き方もそつがないし、新人とは思えないくらいよ」

褒《ほ》められるとは思ってなくて、フェリはきょとんとしてしまった。

「残念なのは、そこに営業《えいぎょう》スマイルが付かないことね」

そう言われてしまうことに、逆《ぎゃく》に安心してしまうくらいだ。

「ま、他の店に行けば愛想の悪い店員なんかそこら中にいるんだけどね。向き不向きなんて実は関係ないのも接客業《せつきやくぎょう》。特別な資格《しかく》がいるわけでもなし、与《あた》えられた仕事をただこなしてればとりあえずはやれちゃうのも接客業なのよね」

「はぁ……」

「悩《なや》んでるのはそういうことじゃないでしょ？」

店長はそう言った。

「武芸《ぶげい》科の友達は何人かいるけど、念威繰者《ねんいそうしゃ》ってだいたい感情表現《かんじょうひょうげん》が苦手なのよね。わたしたち凡人《ぼんじん》にはわからないけど、念威で感じることに集中してしまって、肉体に反応《はんのう》を返すことをキャンセルしてしまうからだとかなんとか、その友達は言ってたけど」

その言葉はなんとなくわかる。念威で集積した膨大《ぼうだい》な情報《じょうほう》に肉体がいちいち反応していては、処理《しょり》に時間がかかってしまってしかたがない。だから、反射的《はんしゃ》反応が起きないように脳《のう》から外への神経《しんけい》の流れを制限《せいげん》してしまう。

それを繰《く》り返すことで、いまのフェリができあがってしまっている。

驚《おどろ》くことも怒《おこ》ることも悲しむことも……そして笑うことも、全《すべ》てを脳内で片付けてしまっていたからこそ、フェリは無表情となってしまった。

「でも、それは直せるのよ。事実、わたしの友達なんかもいまでは普通《ふつう》に笑ったりしてるしね。あなたが、ちゃんと自分の感情を表現したいと思っているのなら、決して不可能《ふかのう》じゃないわ」

「そう……ですか？」

「そうよ。わたしが保証《ほしょう》するわ」

「……店長の保証って、いまいち信用できません」

「まっ、ひどい」

「でも、ありがとうございます」

そう言うと、フェリは立ち上がった。

「あら、どうしたの？」

「なんの目的があったのかはわかりませんけど、きっと今、武芸科なのにあの空気が読め

なかったことを後悔《こうかい》している人がいると思いますので」

店長が首を傾《かし》げるのを見て、フェリは少しだけ重くなっていた気分が軽くなったような気がした。顔から力が抜《ぬ》けたような感じがして、フェリは店長に挨拶《あいさつ》をすると控《ひか》え室から出た。

「……びっくりした」

一人になった控え室で、店長はぽかんとした顔で呟《つぶや》いた。

「なによ、あの子ちゃんと笑えるんじゃないの。もう少し練習したら営業スマイルもいけるわね。……ああ、でも今週の期間中はさすがに無理よねぇ。あの子、これからも働いてくれないかしら」

店長のその呟きは、フェリには届《とど》かなかった。

†

「あんなもんでよかったのか？」

店から少し離《はな》れた路地裏《ろじうら》に、さきほどの男性客《だんせいきゃく》の姿《すがた》があった。窮屈《きゅうくつ》そうにネクタイを緩《ゆる》めて辺りを窺《うかが》っている。

「上出来よ」

そう答えたのは男の前にいるピンクの、喫茶《きっさ》ミラの制服を着た女性だった。

「一番人気間違《まちが》いなしのあの子が辞《や》めるようなことになれば、ミラの売り上げは落ちるわ。そうでなくてもやる気は落ちるでしょ。もう二、三回おんなじことが起きたら、お嬢様《じょうさま》に我慢《がまん》できるはずがないわ」

「しっかし、いいのかよ？　働いてるところだろ？」

「いいのよ。いい加減《かげん》、あの店長に付き合うのも飽《あ》きてきたし、こんな馬鹿《ばか》な服着るのも嫌《いや》になってきたとこだもん。うまくできたらギャラくれるって言うんだから」

ウェイトレスは、ミラのライバル店から邪魔《じゃま》をするように依頼《いらい》されていた。店員の引き抜きあいは、競争が激化《げきか》した頃から当たり前になってきているが、その中でこういう店員の買収方法《ばいしゅう》もまた、密《ひそ》かに行われるようになっていた。

商業科の危惧《きぐ》には、これもまた含《ふく》まれていた。

「なんでもいいけどよ。いい加減この服脱《ぬ》ぎたいぜ。顔見知りに見つかったらやばい」

「衣装遊《コスプレ》びのしんどさがわかった？」

楽しそうにウェイトレスが笑う。

そこに、新たな声が加わった。

「なるほどねぇ……まぁ、そんなこったろうと思ったけどよ」

「や、誰もくそもないって。こんな場面で現《あらわ》れるのは正義《せいぎ》のヒーロー。おわかり？」

路地裏の出口をふさぐように、シャーニッドが立っていた。

「げ、十七小隊……」

「そういうこと」

のけぞる男に、シャーニッドがにやりと笑ってみせた。

「なによ……あんたたちがわたしらになんの用があるって言うのよ？」

ウェイトレスがそう叫《さけ》ぶ。シャーニッドは肩《かた》をすくめた。

「ま、おれだけなら別に用もなにもなかったんだけどな。もう一人がどうしてもお前さんらに話があるって言って聞かなくてよ」

「え……？」

シャーニッドの言葉で、やっと二人も気付いた。

「もう、いい加減寒くてしかたがねぇんだよ。なんでお前さんがあれに気付かないでのんびりやってられたのか、それが不思議でしかたないんだけどよ。実際《じっさい》どうなん？」

背中《せなか》が凍《こお》るような悪寒《おかん》。

おそるおそると振り返ったそこには……

「…………」

上げる言葉もなく、二人が凍りついた。

レイフォンがいた。

無言で、目が据《す》わっている。

手にはなにも持っていない。だけど、腰《こし》にある剣帯《けんたい》には錬金鋼《ダイト》があるのがしっかりと見える。いつでも抜けるのは、雰囲気《ふんいき》でわかった。

「そういや……さっき面白《おもしろ》いこと言ってたっけか？　顔見知りにみつかったらやばいって？　なにがどうやばいのか教えてくれるとありがたいよな」

「な、なによ。あんたらには関係ないじゃない」

「まぁ、関係ないっちゃあ、ないよな。けどな」

カチン。

微《かす》かな音。見ればレイフォンの指が錬金鋼《ダイト》を叩いていた。

カチン、カチン、カチン……そんな音が一定のリズムで路地裏に響《ひび》く。

「知ってっかなぁ？　武芸者《ぶげいしゃ》同士なら決闘《けっとう》っていうもんができちまうんだけどな。ちゃんと生徒手帳にだって載《の》ってるぜ。まぁ、公共の場でやっちまえば、そりゃあいろいろと学則違反《そくいはん》になっちまうけど、決闘の申し出を断《ことわ》るってのは、武芸者にとっちゃあけっこう恥《はじ》だったりするんだよな。断るのは大変だ」

言うと、シャーニッドはおもむろに生徒手帳を取り出した。

「えーっと……なになに、武芸科学則……学内における武芸者同士での決闘の場合、まず生徒会事務《じむ》課へ申請《しんせい》を行わなければならない。両生徒の身分確認《かくにん》を行った上で指定の場所で決闘を行うものとする。武器は学園都市連盟《れんめい》法に定められた安全規定《きてい》を通過したもののみを使用すること等々……」

パタンと生徒手帳を閉《と》じる。

「つうわけで、そこにいるうちのエース君はお前さんに決闘を申し込《こ》んでいるわけだ。ちょっと頭に血が上りすぎてうまく喋《しゃべ》れないから、おれが代わりに言ってるんだけどな」

カチン、カチン、カチン……音はいまだに続いている。

青くなって震《ふる》える男に、シャーニッドは尋《たず》ねた。

「で、どうするよ？」

「ま、ま、待ってくれ。お、おれは本当は武芸科じゃないんだよ。この制服《せいふく》は、ちょっと着てみただけでよ。決闘とか、勘弁《かんべん》してくれよ」

「そいつは大変だ。それだって立派《りっぱ》な学則違反だぜ。えーっと……制服は、生徒が自らの所属《しょぞく》を示《しめ》す身分証明《しょうめい》の一部であり、理由なく所属を別にする制服を着用した場合、これを罰《ばつ》する、だってよ？」

男は悲鳴を上げて、武芸科の上着を脱《ぬ》ぎ捨《す》てた。

カチン……と、音が途絶《とだ》えた。

男が安堵《あんど》した様子でその場に座《すわ》り込んだ。

「ふうん。それならそれでいいけどよ。で、こっちは解決《かいけつ》したけどよ、そっちは解決してないよな？」

「なによ……」

青い顔をしながらも、ウェイトレスはふて腐《くさ》れた様子でシャーニッドを睨《にら》んだ。

「こいつが武芸科の制服着てたのなんて、わたしには関係ないじゃないっ！」

「うわぁ、シラ切るつもりだよ」

「シラ切るってなによ？　本当のことじゃない」

「ま、そういう態度《たいど》取るならそれでもいいんだけどよ。なんだっけ？　店でそいつがきゃんきゃんきゃんきゃん、馬鹿《ばか》な犬みたいに吠《ほ》えてたのって？　ソースでズボンが汚《よご》れたからだっけか？　なーんでそんなことになったんだっけ？」

「そんなの、あの子がドジだからでしょ」

どうやら、さっきまで男と話していたことは聞かれていない……いや、話していないと言い張《は》るつもりのようだ。

確《たし》かに、フェリの関係者であるレイフォンやシャーニッドが何かを言ったところで身内を守るための嘘《うそ》だと言い張ることができる。

「いやぁ、それがただのドジじゃないんだよな」

そう言うと、シャーニッドはカメラを取り出した。

「こいつはよ、決定的瞬間《しゅんかん》を撮《と》りたくて用意してたんだけどよ。なんともまぁ遺憾《いかん》ながら、別の決定的瞬間が撮れちまってんだよな」

「ぐっ……」

「現像《げんぞう》しちまったら決定的だよな。こっちは別に学則にひっかかったりはしないけど……しないよな？　どっちにしても悪い噂《うわさ》が商業科にでも流れちまったら、これからバイト探《さが》すのに苦労することになるぜ」

「…………」

黙《だま》りこんでしまったウェイトレスに、シャーニッドはレイフォンに「どうしたもんか？」と視線《しせん》を送った。

だけど、レイフォンにも答えられない。

頭に血が上っていたのも確かだし、腹《はら》が立っていたのも本当なのだけど、やはり女性《じょせい》を追い詰《つ》めるのには抵抗《ていこう》がある。

それに、ここから先、このウェイトレスをどうにかすることがレイフォンたちにはできなかった。

レイフォンもシャーニッドも、あくまであの店とは直接《ちょくせつ》関係のない部外者なのだ。それなのに追い詰めた……もしかしたら追い詰めすぎたかもしれない。開き直られたら、今度はレイフォンたちの方がたじたじになってしまう。

「……まったく、なにをやってるんですか」

呆《あき》れたため息とともに聞こえてきた声に、レイフォンもシャーニッドもぎくりと体を震わせた。

「お、おお……フェリちゃん。元気？」

「ええ。誰《だれ》かさんに紹介《しょうかい》してもらった素敵《すてき》なお店で、とても元気に働いていますよ」

「わー、とっても嫌味《いやみ》がきいていらっしゃる」

「その上、人を使ってお金儲けですか」

そう言うと、シャーニッドの手からカメラを奪《うば》い取り、素早《すばや》くそこからデータチップを取り出してしまった。

「没収《ぼっしゅう》です」

「そのデータチップ、けっこう大容量《だいようりょう》で高かったりするんだけどさ。後で返してくれたりする？」

「却下《きゃっか》」

言い切られ、シャーニッドはがっくりとうな垂《だ》れた。

そんなシャーニッドを無視して、フェリはウェイトレスの前に立った。

「なによ？」

ふて腐れながら、挑戦《ちょうせん》的な視線をぶつけてくる。

フェリは思い切り腕《うで》を振りかぶった。

路地裏《ろじうら》に似合《にあ》わない……いや、もしかしたら似合っているのかもしれない音が盛大《せいだい》に響《ひび》き渡《わた》った。

「うっ」

「ぎえっ」

レイフォンとシャーニッド、男二人が思わず竦《すく》んでしまうくらいにいい音がした。

「……わたしの分はこれですっきりさせてもらいました。後のことは店長に判断《はんだん》してもらいます」

それだけを言うと、フェリはすたすたとシャーニッドの横を抜《ぬ》けて店へと戻《もど》っていく。

その背《せ》を四人の視線《しせん》が呆然《ぼうぜん》と見送った。

†

もう、すっかり夜も深まってしまった。

バイトの時間が終わり、フェリは店から出る。

と……顔を上げた先に、見知った姿《すがた》があった。

「いたんですか？」

店の近くにある街灯の下に、レイフォンが立っていた。

「ええ、まぁ……」

「……もしかして、ずっと待ってたんですか？」

「いや、さすがにそれは……」

「なんとも根性《こんじょう》のない」

「う……」

言い捨《す》てて、立ち止まることなく歩いていると、レイフォンが追いかけてくる。

「送ります」

「当たり前です。こんな時間まで待ってたんだから。それぐらいするのは当然です」

そのまま無言で歩くのだけれど、どうにも背後《はいご》で、視界に入らないように付いてくるレイフォンの気配が気になってしかたがない。

その様子は、汚染獣《おせんじゅう》と戦っている時の彼《かれ》とは真反対に情《なさ》けなくて、まるで怒《おこ》られた子供みたいで……フェリはため息を吐《つ》いた。

「さっきは、ありがとうございました」

「いえ……すいません。勝手にあんなことしちゃって」

「ずいぶんと怒ってましたね。殺気が店の中にまで届《とど》いてましたよ」

あの時、頭を下げながらフェリは、ずっとレイフォンの殺気を感じていた。

「あの二人を脅《おど》してる時も、ずいぶんと楽しそうでしたし」

「いや……あれはシャーニッド先輩があやれって……」

「どうして、あんなに怒ってたんですか？」

「いや……やっぱり、仲間が困《こま》ってるのって我慢《がまん》ができなくて……」

ある意味では予想通り、別の意味ではまったく期待はずれの言葉。

「まぁ、あなたはそんなものなのでしょうね」

「それに……」

ZUELLNI
UNIVERSITY
THE MILITARY ARTS
SECTION

フェリの言葉に被《かぶ》るように、レイフォンがなにかを言った。

「先輩《せんぱい》……フェリが武芸《ぶげい》以外のことをしようと思ってるみたいだから、応援《おうえん》したくて……」

消え入りそうな声でそう呟《つぶや》くのに、フェリは息を呑《の》んだ。

（まったく、この人は……）

念威繰者《ねんいそうしゃ》以外の道を生きてみたい。

そんなフェリの願望を知っているのは兄のカリアン以外ではレイフォンだけだ。

（まったく、まったくまったくまったく！）

他人ではレイフォンだけが知っているというのに、いまだ隊長のニーナにすら話していないというのに、この男はその意味にまるで気が付いていない。

それでもやっぱり表情《ひょうじょう》がうまく動いてる気がしない。

でも、どういう顔をすればいいのかもわからない。

応援してくれるのは、心配してくれるのはとても嬉《うれ》しいのに……

それを知っているのがいまだにレイフォンだけだという事実の裏にあるものにはまるで気が付いた様子がない、その鈍感《どんかん》さに腹《はら》が立つ。

そんな二つを表現《ひょうげん》する表情がどんなものなのか……

（こんな時、どういう顔をすればいいのか、わかりません）

「いいから、帰ります！」

フェリは強く言い捨《す》てると、追いつこうとするレイフォンの足音を確認《かくにん》しながら、心持ち足を速めた。

# インタールード 02

「………」

「どうしたの？」

「そういえばさ、天剣授受者《てんけんじゆじゆしや》で鉄鞭《てつべん》を使う人っていたっけ？」

「そんなのわたしよりレイフォンの方が詳《くわ》しいでしょ？」

「そうだよねぇ。ええと、剣は僕《ぼく》を含《ふく》めて三人で、デルボネさんは外して、後は鋼糸《こうし》と素《す》手《で》と薙刀《なぎなた》と盾《たて》と銃《じゆう》と杖《つえ》と弓と鉄球だよね。鉄鞭はいないなぁ」

「どうしたの、いまさらそんなこと」

「ええとねぇ。僕の隊長なんだけど、ニーナ先輩」

「うん、知ってるよ。レイフォンの手紙によく出てくる人だよね。がんばり屋さんの」

「そうそう。その人にね、この前、技《わざ》を教えたんだ。ああ、この前だけじゃなくて他《ほか》にもいろいろ教えてるんだけど……」

「レイフォン教えるの苦手だから、その人苦労してそうね」

「ううん、そうかも。それでね、この間、技を一つ思い出して、もうこれは教えるしかないってぐらい隊長に似合《にあ》ってたから教えた技があるんだけど、でも、僕がその技をいつ知ったのかがまるで思い出せないんだ」

「……呆《ぼ》けたの？」

「ううん。そうなのかなぁ。一度見た技はだいたい剄《けい》の流れがわかるから、もしかしたら天剣の人たちじゃなかったのかなぁ。でも、こんな派手《はで》な技使う人、一度見たら忘《わす》れないと思うんだけど」

「でも、レイフォンがそんなに教えようと思うなんて、その人、本当にすごい人なんだね」

「うん、すごい努力する人だよ」

「へぇ……」

「それだけじゃなくて、すごいまっすぐな人なんだ。あそこまでまっすぐな人ってちょっといないと思うよ。その分、不器用だけどね」

「そこは、レイフォンには言われたくないと思うなぁ、その人」

「そうかな？」

「そうよ」

「でも、ちょっと羨ましいと思うかな。不器用でしかたないんだけど、そういう風にまっすぐになれるのって、本当に羨ましい」
「うん、そうかもね」

ダイアモンド・パッション

レイフォン・アルセイフにとって、ニーナ・アントークは謎《なぞ》多き人物だ。

学園都市ツェルニの武芸《ぶげい》科でエリートを意味する小隊を三年生で編制《へんせい》することを許《ゆる》された才媛《さいえん》。同時に、窮状《きゅうじょう》に追い込《こ》まれているツェルニをどうにかしたいと考える熱い情熱《じょうねつ》の持ち主。

その情熱はどこから来るのだろう？

それは、聞いてしまえばとても簡単《かんたん》に納得《なっとく》できてしまえるような気もするし……

同時に、永遠《えいえん》に理解《りかい》できないのではないのか、とも思ってしまう。

†

「本当にいいのか？」

やや不安な声で、ニーナはレイフォンに尋《たず》ねた。

「かまいません」

まるで気負った様子もなくレイフォンが頷《うなず》く。

ここはツェルニにある練武館《れんぶかん》の第十七小隊に割り当てられた空間だ。巨大《きょだい》な空間を防《ぼう》音《おん》・耐衝撃材質《たいしょうげきざいしつ》のパテントで仕切ることでできた小空間には、隊長のニーナと隊員であるレイフォンの二人の姿《すがた》しかなかった。小隊設立《せつりつ》の最低条件《じょうけん》である戦闘《せんとう》要員四名しかいない第十七小隊では普段《ふだん》でも広めに感じるのだが、今日は二人だけということもあってかなり広い。

それもしかたない。

今日は授業《じゅぎょう》が午前中しかない休日前で、ほとんどの小隊は夕方前には訓練を終えている。それでもときどき壁《かべ》の向こうから音が聞こえてくるのは、まじめな誰《だれ》かが個人《こじん》練習をしているのだろう。

第十七小隊の他の二人、シャーニッドとフェリは訓練終了《しゅうりょう》とともに我先《われさき》にと帰っていってしまった。

「本当に、いいんだな」

しつこいぐらいに念押《ねんお》しし、ニーナは握《にぎ》り締《し》めた復元済《ふくげんず》みの黒鋼錬金鋼《クロムダイト》の感触《かんしょく》を確《たし》かめた。左右の手に持つ鉄鞭《てつべん》は打撃に特化した武器だ。

「いつでもどうぞ」

やはり、涼《すず》しい顔で頷く。

「知らないからな」

そんなレイフォンの態度《たいど》に、ニーナは軽い怒《いか》りを覚えた。自分が侮《あなど》られているように感じる。実力差を考えればそれもしかたがないことなのかもしれないが、錬金鋼《ダイト》を手にしていないどころか、剣帯《けんたい》すらも外した完全な無手《むて》の状態《じょうたい》でそんな余裕《よゆう》を見せられると、やはりプライドを傷《きず》つけられた気分になる。

念押しはもうしない。

即座《そくざ》に内力系活剄《けいかつけい》を走らせる。肉体内部に作用を起こす活剄によって全身の筋肉《きんにく》を強化し、ニーナはレイフォンとの距離《きょり》を一気に詰《つ》めた。

「はぁっ！」

気合とともに右の鉄鞭を振《ふ》り下ろす。

狙《ねら》いはレイフォンの左肩《ひだりかた》。

視界《しかい》の中心に捉《とら》えたレイフォンは、その場からぴくりとも動く様子を見せないままにニーナの一撃《いちげき》を受け止めた。

肉を裂《さ》き、骨《ほね》を砕《くだ》くには十分な一撃だったはずだ。

それなのに、まるで鋼鉄《こうてつ》の壁でも殴《なぐ》ったかのように、手首に衝撃が跳《は》ね返ってきた。

「つっ！」

鉄鞭を取り落とすようなことはなかったが、ニーナは予想外の感触に慌《あわ》てて距離をとった。

「もっと本気で来てください」

手首の痛《いた》みに驚《おどろ》いているニーナに、レイフォンは責《せ》めるような口調で言った。

「そんな、いつもの先輩《せんぱい》にだっていなせるような攻撃《こうげき》じゃなくて、避《よ》けるしかないぐらいの本気で来てください。それぐらいでないと、これから見せるものには価値《かち》はないです」

今日のような訓練後だけでなく休日にまで個人《こじん》練習に付き合ってもらうようになってからそれなりに経《た》っているが、こんなレイフォンを見るのは初めてだった。

「どうした？」

という質問《しつもん》はしなかった。聞ける雰囲気《ふんいき》ではなかったというのもあるのだけれど、それ以上にレイフォンがなにをするのか見たいという好奇心《こうきしん》が勝《まさ》った。

「…………」

無言で活剄《かっけい》の密度《みつど》を高めた。瞬時《しゅんじ》にこんなことができるようになったのもレイフォンとの訓練のおかげだ。剄を操《あやつ》る際《さい》に使う独特《どくとく》の呼吸法《こきゅう》、剄息《けいそく》を日常《にちじょう》の生活でも使うようにというレイフォンの助言に従《したが》った結果だ。

最初の数日はすぐに疲《つか》れてしまったり、体内で燃《も》える剄を持て余《あま》すような感じがしたが、いまではそれなりに落ち着いてきている。
皮膚《ひふ》の内側で筋肉が膨張《ぼうちょう》していくのがわかる。筋肉が膨張し、全身を支《ささ》える骨にもまた
勁が入り込んでいき、強度を増《ま》す。
全身でバネを縮《ちぢ》めるようにして力をため、解《と》き放つ。
狙いは変わらず、左肩。
上段《じょうだん》からまっすぐに振り下ろす。
インパクトの瞬間に衝勁《しょうけい》も解き放つ。
部屋全体が衝撃で激《はげ》しく揺《ゆ》れた。
「つっ！」
手首に再《ふたた》び痛みが走り、ニーナはその場に何事もないかのように立つレイフォンの姿を
見た。
レイフォンが動く。左肩を打ったニーナの利《き》き腕《うで》を摑《つか》み、片手《かたて》を腹《はら》に当てられた。掌《てのひら》か
ら衝勁が放たれ、ニーナは壁まで吹《ふ》き飛ばされた。
「くぁっ」
背中《せなか》を激しく打ち、ニーナはバウンドして床《ゆか》に落ちる。
「なんだ……？」

攻撃は手加減《てかげん》されていた。すぐに起き上がる。

レイフォンはまるで怪我《けが》などした様子もなくその場から動いていない。

「僕が今なにをしたかわかりましたか？」

「……いや、全身に剄を走らせているぐらいしかわからない」

ニーナは首を振る。

本当に、それぐらいしかわからない。

右手首だけが疼《うず》く。打ち込んだ威力《いりょく》がそのまま跳ね返ってきた証拠《しょうこ》だ。咄嗟《とっさ》に握《にぎ》りを緩《ゆる》めて衝撃を逃《に》がさなければ、もっとひどくなっていたかもしれない。

レイフォンが医療《いりょう》キットを持ってきて、ニーナの手首を手早く治療していく。

「あ、すまない」

「……いえ」

スプレーで冷やした手首をさらに包帯で固めていく。ニーナは活剄を手首に集中させる。劇的《げきてき》な治癒能力など期待できないが、これでも治癒速度はかなり速くなる。

「さっきのはなんだったんだ？」

手首の痛みよりもそれの方が気になる。

さっきのを、ニーナに見せたくてやったはずなのだ。

それなのに、まるで理解《りかい》できない。

「なんだか、人の体を打ったような気がしなかった。とてつもなく硬《かた》いものを殴《なぐ》ったみたいだ」

「さっきのは天剣授受者《てんけんじゅじゅしゃ》リヴァースの技《わざ》です」

「天剣授受者の？」

槍殻《そうかく》都市グレンダンの天剣授受者……それは、たった一人で汚染獣《おせんじゅう》と戦うこともできる超絶《ちょうぜつ》の戦闘能力《せんとうのうりょく》を持った武芸者《ぶげいしゃ》たちのことだ。

そして、目の前にいるレイフォンはツェルニに来る前は、その天剣授受者でもあった。

「リヴァース……あの人は、この剄技唯《ただ》一つで天剣授受者になったといってもおかしくないような人です」

「そんなにすごい技なのか？」

確かに、ニーナの一撃を身動き一つせずに弾《はじ》き返したことはすごい。

しかし、それだけで天剣授受者になれたと言われても、いま一つピンとこない。

レイフォンはすごい。

ツェルニを襲《おそ》った汚染獣を二度も追い払《はら》った。

その戦いを、ニーナは間近に見ている。

あの凄《すさ》まじさは、息をするのも忘《わす》れるほどだ。

二度目の、老生体《ろうせいたい》と戦っている時のレイフォンは、ニーナにはまるで真似《まね》できない動きをしてみせた。

なにより、あの巨大《きょだい》な存在《そんざい》を前にして臆《おく》すことのない精神力《せいしんりょく》。

ただ一人であれができる……それこそが凄い。

だからこそ、一人にできない不安感を覚えてしまうのだが……

「金剛剄《こんごうけい》……それがこの技の名前です。あらゆるものを防《ふせ》ぎ弾《はじ》く最強の盾《たて》。そしてあらゆるものを切り裂《さ》く最強の矛《ほこ》、天剣授受者カウンティア。このコンビの連携《れんけい》が多くの汚染獣を屠《ほふ》っていきました」

「……なるほど」

そういうことならわかる。攻防《こうぼう》それぞれの天才によるコンビネーションは確《たし》かに強いだろう。

しかし、ニーナのその納得《なっとく》に、レイフォンは首を振《ふ》った。

「守ることを考えずただひたすら切り裂くカウンティアに、攻《せ》めることなんて一欠片《かけら》も考えず、ただ守り続けるリヴァース。よく考えてください。想像《そうぞう》してください。汚染獣の牙《きば》を、その身で、瞬《まばた》き一つせずに受け止めることのできる精神力。隊長にありますか？」

ニーナは何も言えずに凍《こお》りついた。

老生体との戦いの時、ニーナは自分を囮《おとり》にした。

あの時、迫《せま》る汚染獣の圧力《あつりょく》に身を晒《さら》した時、ニーナは恐怖《きょうふ》で体が動かなくなった。作戦通りの状況《じょうきょう》で、大丈夫《だいじょうぶ》なはずなのに、あの牙に自分の体をぐちゃぐちゃにされることを想像してしまってなにもできなくなっていた。

あんな状況に、常《つね》に身を晒す。

そんなことができる人間がいるのだろうか？

「金剛剄の基本《きほん》は、活剄による肉体強化と同時に衝剄による反射《はんしゃ》を行うという、構造《こうぞう》的にはごく単純《たんじゅん》なものです。ただ、難《むずか》しいのはタイミングを見計らうことと、どんな状況だろうと諦《あきら》めない目を逸《そ》らさないを実行できる強靭《きょうじん》な精神力……これに尽《つ》きます」

諦めない目を逸らさない。

それだけを言われるとできるような気もする。

だけど、それが言葉通りに簡単《かんたん》ではないということを、ニーナは練習が終わるまでにことん思い知らされた。

「あつつ……」

とてつもない筋肉痛《きんにくつう》とともに目を覚ましたのは、どれくらいぶりだろう？

いや、それほど昔でもない。

というよりも、つい最近無理をしすぎて全身筋肉痛になったばかりだ。

しかし、個人《こじん》訓練のやりすぎで入院したことがあったからこそ、レイフォンに教えてもらえるようになったのだし、それはニーナにとってとても有意義《ゆういぎ》な時間を得たことでもあった。

痛《いた》みにうめきながら半身を起こすと、ぼやけた気分のまま剄息を整える。最近の日課だ。

最終目標は寝《ね》ている時も剄息なのだが、それはまだできていない。

息を肺《はい》に流すのではなく、背中《せなか》の剄脈に落とす感じで息をする……それが剄息だ。

剄息をしながら、ニーナは自分の部屋を見るともなく眺《なが》めた。

ベッドに勉強机《づくえ》にクローゼット、わかりやすいワンルームがニーナの生活する空間だった。トイレ、風呂《ふろ》、キッチンは共用。

ニーナが暮《く》らしているのは女子寮《りょう》だ。

何年か前の建築科《けんちく》の生徒たちが卒業実習として建てたもので、設計士《せっけいし》がアーティストを気取っていたらしいのは寮の外観を見ればすぐにわかる。木材調の建材を使うことにこだわりを見せ、内部のそこかしこにも凝《こ》った様子が見られる。共用となっている三つにしても、他のアパートや寮に住んでいる者が見れば羨《うらや》むほどに広さと豪華《ごうか》さを持っている。が、人気がないのも確かだ。

理由としては、学校から遠いというのが一つ。

もう一つは、騒音《そうおん》。

もともと、この周辺の土地は建築科の生徒たちの実習用として用意されている場所で、そこら中でいろんな建物が造られては、壊《こわ》されたりしている。ニーナの住むこの女子寮が壊されないのは、設計士である卒業生が、卒業後に戻《もど》った都市でなにかの賞をもらい有名になり、記念に残しておこうということになったからだそうだ。

人の住まない家はすぐに朽《く》ちてしまう。だから女子寮として貸《か》し出すことになったのだが、夜になればそれこそ人気《ひとけ》がなくなって不気味だということもさらに重なって、入居者《にゅうきょしゃ》は少ない。

いろいろな悪条件《あくじょうけん》が重なって割合《わりあい》に安い値段《ねだん》で借りることができたので、ニーナはこの寮に住むことにした。

「ふむ……」

勁息《けいそく》を整え終えると、完全に目が覚めたニーナは活勁を走らせ、筋肉痛を緩和《かんわ》させた。

これぐらいの筋肉痛なら、勁をある程度《ていど》流しておけば昼までには治まるだろう。

内力系活勁《けい》には肉体を強化させ、疲労《ひろう》を回復《かいふく》させる効果《こうか》もある。非常時《ひじょうじ》に全開で肉体活《かっ》性《せい》に使い続ければその後に恐《おそ》ろしい反動が待っていることはこの間、実感させられたが、適度《てきど》に使いこなすことができれば、回復を早める効果を得ることができる。

「よし」

気合を入れると、ニーナはずっと抱《だ》いていた相棒《あいぼう》の黒白熊《くま》のぬいぐるみをベッドの横にある出窓《でまど》に置いた。あちこちに繕《つくろ》いをした跡《あと》があり、全体的にくたびれた印象のあるぬいぐるみだ。

故郷《こきょう》から持ってきた数少ない物の一つがこのぬいぐるみだった。小さな時に大祖父《おおおおじ》からプレゼントされたもので、これを抱かないとどうしてもちゃんと眠《ねむ》れた気になれない。

淡《あわ》いピンク地のパジャマを着たまま、ニーナは顔を洗《あら》うために部屋を出た。

廊下《ろうか》に出るとバターの溶《と》けるいい匂《にお》いが食欲《しょくよく》を誘《さそ》った。

慌《あわ》ててニーナは階段《かいだん》わきにある壁《かべ》掛《か》けの時計を確認《かくにん》した。古めかしい発条《ばね》式の時計はもうすぐ朝食の時間となることを教えてくれた。ニーナは足早に洗面台《せんめんだい》に向かって顔を洗うと、部屋に戻って着替《きが》えを開始した。

まさに着替えが終わったその瞬間《しゅんかん》……

ボーンボーン……と時計が鳴り始め、

「ご飯ですよ〜〜〜〜〜」

ガンガンガンガンガンガンガンガンガンガンガンガン……と、耳障《みみざわ》りこの上ない音が寮中に響《ひび》き渡《わた》る。

金属《きんぞく》に金属をぶつける音。言ってしまえばただそれだけなのだが、この音は人を嫌《いや》な気分にさせるためだけに誕生《たんじょう》したといっても過言《かごん》ではないくらいの凶悪《きょうあく》さだ。どんな目覚まし時計だってこんな嫌な気分にはさせられない。

「ぐあっ」

ひさびさのこの音は脳《のう》にくる。いつもはもっと早くに目覚まし時計なしに起きられるのだが、昨日の練習をがんばりすぎたこともあってほんの少しだけ寝過《ねす》ごしてしまった。

どんなに不規則《ふきそく》な生活をしていても食事の時間だけは厳守《げんしゅ》。これが、この女子寮の決まり事だ。

「起きています！　起きていますからっ!!」

部屋の中から精一杯《せいいっぱい》の大声を上げ、ニーナは転がるように部屋から飛び出した。

階段のすぐそばでのんきそうな女性《じょせい》がフライパンの底をおたまで殴《なぐ》っていた。この音を出すためだけに都市中を巡《めぐ》ったという逸話《いつわ》を持つ、最強の音響兵器《目覚まし》だ。

「うふふ、ニーナちゃんのお寝坊《ねぼう》さん」

フライパンを叩《たた》くのを止《や》め、その女性は耳栓《みみせん》を取りながら言った。

「はぁ、すいません」

音が止んだのに全力で安堵《あんど》しながら、ニーナは謝《あやま》った。

彼女《かのじょ》の名前はセリナ・ビーン。錬金《れんきん》科の四年生で、同時に寮長でもある。

その理由は住人の中でまともに料理ができるのがセリナだけであり、食を管理する者がこの世で一番偉《えら》いという、去年卒業してしまった先代寮長の言葉があったからだ。

「でも、久《ひさ》しぶりに叩けて、ちょっと嬉《うれ》しかった♪」

そう言うと、セリナは先に階段を下りていく。

ニーナはやれやれとその後を追った。

食堂のテーブルには寮の住人がすでに全員揃《そろ》っていた。

「おはよう、ニーナ」

「おはよう、レウ」

挨拶《あいさつ》をしてきたもう一人の住人に挨拶を返すと、ニーナもテーブルに着く。

今日の朝食は、ミルクに浸《ひた》したトーストをバターで焼いたものとサラダにお茶。

十個《こ》の椅子《いす》が並《なら》んだテーブルにたった三人分の料理しか並んでいない。

つまりはこの三人が、この女子寮《りょう》の住人全《すべ》てだ。

「久しぶりにセリナさんの目覚ましが聞けたよ」

「う、すまん」

レウは一般《いっぱん》教養科の三年生。ニーナと同学年だ。ニーナとは一年の時に同じクラスでもあった。

「そうよねぇ」と、セリナが残念そうにため息を吐《つ》く。

「前の人たちが卒業しちゃって、ずいぶんと寂《さび》しくなっちゃったわね」

「いや、卒業したの二人だけでしょう」

トーストに蜂蜜《はちみつ》を垂《た》らしながら、ニーナが冷静に言った。

「でも、新入生でここに来てくれる人いなかったし」

「一応《いちおう》、いましたけどね」

レウが遠くを見る目でそう呟《つぶや》いた。

「セリナさんの目覚ましでノイローゼになって退寮《たいりょう》しましたけど」

「だってぇ、あの子寝起きが悪かったから……」

唇《くちびる》を尖《とが》らせて不満そうなセリナに、ニーナはやれやれと首を振《ふ》った。

「まぁ、あのままでも四人です。もともと十部屋あるこの寮では半分にもなっていませんよ」

とりあえず、そう慰《なぐさ》めてみる。

「でも、三人だとやっぱり管理が大変でしょう？　空いてる部屋のお掃除《そうじ》もちょっと行き届《とど》かなくなってるし、庭の草むしりもちゃんとできてないし……なんだかここ最近、ネズミが増《ふ》えてきてるみたいだし、もうちょっと入居者《にゅうきょしゃ》が増えてもいいと思わない？」

「いや、最後のネズミは入居者関係ないですよ。確かにここ最近、天井裏《てんじょううら》から嫌な足音聞こえたりしますけど」

ぶつぶつと、セリナがそう呟くのにレウが突《つ》っ込《こ》む。

「……ん？」

と、テーブルの下で足を少し動かしたニーナは、つま先に何かが当たったのに気付いた。

硬《かた》い感触《かんしょく》だ。

「それでね、ちょっと提案《ていあん》があるの。あ、でも却下《きゃっか》はダメだからね。なにしろわたしは寮長だから、えっへん」

おそらく、胸《むね》をそらしているのだろうセリナの言葉を聞きながら、ニーナはテーブルの下を覗《のぞ》き込んだ。

「だからね、住人を増やしたいと思うの」

「……なにがどうだからなのかわかりませんし、そもそも増やそうとして増やせるものでもないと思いますけど？」

「そんなことないわよう」

「うちのこの、かなり不便な環境《かんきょう》に飛びつくような生徒は、もういないと思いますけど」

「うふふ～」

レウとセリナの会話を聞くともなく聞きながら、ニーナはそこにある物体を見て固まっていた。

（……なんだこれは？）

そこには、何の変哲《へんてつ》もない皿が一つ置いてあった。

皿の上には、昨夜の残り物だろう料理が盛ってある。それはいい。料理を載《の》せるのが皿の本分だ。そのことにはなんの問題も感じない。

問題なのは、その皿がどうしてこんな場所に置かれているのか？　その皿の隣《となり》にある端《はし》の欠けたスープ皿にミルクが入れられているのはなぜなのだろうか？

「じゃあ、紹介《しょうかい》しちゃいましょう」

「紹介？」

怪訝《けげん》そうなレウの声。テーブルの上では会話がまだ続いている。

「もしかして、もういるんですか？」

「そうで〜す。では、ステファンちゃん、どうぞ〜」

セリナの間延《まの》びした声に応《こた》えて、恐《おそ》るべき声が聞こえた。

「キュ〜」

と。

「……なんですか、これ？」

レウが怪訝なまなざしでテーブルの下に飛び込んでいったものを見つめた。きっとこの瞬間《しゅんかん》まで「待て」と命じられていたのだろう。けっこうな勢《いきお》いで皿に盛られた昨夜の残り物をがっついている。聞きわけがいいことは確《たし》かだが、それが現状《げんじょう》の説明になっていないことも確かだ。

「ステファンちゃん」

「いや、そういうことではなくてですね」

「え〜とね、養殖《ようしょく》科の友達が他所《よそ》の都市から取り寄《よ》せたの。本当はネズミ退治《たいじ》用のイタチ科の受精卵《じゅせいらん》を注文したらしいんだけどね、間違《まちが》って愛玩《あいがん》用が来ちゃったみたいで」

「ははぁ、都市間の買い物じゃあ返品できませんものね」

「うん。でも、だからって廃棄《はいき》するのも可哀想《かわいそう》だし、貰《もら》い手を探《さが》してたのよ」

「それに名乗りを上げたと」

「うん。可愛《かわい》いでしょ？」

「まぁ、ペットは嫌《きら》いじゃないですけどね。人懐《ひとなつ》っこそうだし……でもどうせなら番犬が欲《ほ》しいですけどね」

「あら、番犬なんていらないわよ。うちまで何かしにくるような悪い人なんていないし」

「その能天気《のうてんき》さで、いままで無事に生きてこられたのが最大の謎《なぞ》のように思えます。……っていうか、ネズミ捕《と》りもできないなら人手っていう意味ではまるで無意味じゃないですか。人じゃないし」

「え〜〜〜〜〜だめ？」

「まぁ、いいですけどね。トイレのしつけとか大丈夫《だいじょうぶ》でしょうね」

「それは大丈夫よ」

「なら、あたしはかまいませんよ」

「そう。じゃあ、後はニーナちゃんね？　どう？　だめ？」

セリナの問いに、ニーナは答えられなかった。

冷や汗《あせ》が止まらない。

足下《あしもと》に、恐《おそ》ろしい生き物がいる。

片手《かたて》で捕《つか》まえることができそうなその生き物は、猛獣《もうじゅう》のごとき勢《いきお》いで皿の上にある料理をがっついている。

ああ、その全身に未成熟《みせいじゅく》を宿した細長い体。相当飢《う》えていたようだ。

つるりとした床《ゆか》を走るために出されたままの爪《つめ》。

餌《えさ》をがっつく口から零《こぼ》れた小さな鋭《するど》い牙《きば》。

……フェレットだ。

「あ、うあ……」

「ニーナちゃん？」

満足したのか、生き物は餌から顔を上げると口の周りを舐《な》め回し、前足で顔を撫《な》でると上体を起こして辺りを見回した。

ニーナを見た。

つぶらな瞳《ひとみ》が興味《きょうみ》の光を零《こぼ》す。

「キュ～」

とても細い声でそう鳴いた。

「ひあああああああああああああああああっ！」

ニーナは盛大《せいだい》に悲鳴を上げるとテーブルの上に逃《に》げ出した。

「ニ、ニーナちゃん？」

「どうしたの？」

テーブルの上で震《ふる》えるニーナを、二人が呆然《ぼうぜん》と見つめる。

ニーナの悲鳴に驚《おどろ》いたフェレットは、セリナの足に絡《から》みつくようにして隠《かく》れた。

「……もしかして、ニーナは動物が嫌《きら》いなのか？」

「……だめだ、あれだけはだめなんだ」

「あらぁ……」

頭を抱《かか》えて小さくなるニーナに、二人は目を合わせた。

とりあえず、フェレットことステファンはセリナの部屋に連れて行かれ、三人は改めて朝食を摂《と》りはじめた。

「それにしても、ニーナちゃんがフェレットがだめなんてねぇ」

「意外な事実だね」

「……二人とも、笑いたいのなら笑ってもいいぞ」

肩《かた》を小刻《こきざ》みに震わせて、時折「ククク……」なんて声を漏《も》らす二人に、ニーナは平静を装《よそお》って食事をする。それでも、こめかみの辺りが痙攣《けいれん》するのは止められない。

「それにしても、どうしてフェレットがだめなんだい？　対抗《たいこう》試合とかであんな小動物よりも怖《こわ》い連中とやりあってるだろうに」

「生理的なものなんだからしかたがない」

レウの問いに、ニーナは言い切った。

「そもそも、あいつらが悪いんだ」

「あいつらって、ニーナちゃん、フェレットに何かされたの？」

「ああ……思い出してもおぞましい。あれは、わたしが五歳《さい》の時だ。叔父上《おじうえ》は大変な動物好きで家にはたくさんのペットや家畜《かちく》を飼《か》っていた。わたしも、その頃《ころ》は動物が好きで叔父上の家に遊びに行く度《たび》に遊ばせてもらっていた」

「へえ、それなのにどうして？」

「五歳の誕生日《たんじょうび》の時だ。あの日は家族のみんなに祝ってもらった。叔父上も来ていた。びっくりするプレゼントがあると、それをわたしの部屋にもう置いてあると言った。わたしはすぐに確《たし》かめに行きたかったけれど、パーティが終わるまでの楽しみだと言われてずっと我慢《がまん》していた」

　思い出して、ニーナは身震いした。

「まぁ、なにが起こったの？」

「それで？」

「叔父上が用意していたのがフェレットだった。籠《かご》の中にきちんと入れられていたのだが、留《と》め金が緩《ゆる》かったのか、そのフェレットが籠から出てしまっていた」

「それで嫌《きら》いに？」

「それだけならまだよかった。あいつは、わたしが大事にしているぬいぐるみを……」

「ぬいぐるみって、もしかして部屋にあるあれ？」

「そうだ。わたしの大切なミーテッシャをあいつは、あの牙で、ぐちゃぐちゃにしたんだ」

　思い出して、ニーナはわなわなと両手を震わせた。

　部屋に駆《か》け戻《もど》った小さなニーナが見たのはミーテッシャにしがみついて牙で腹《はら》を割《さ》き、中身のわたを掘《ほ》り出している小さな細長い悪魔《あくま》の姿《すがた》だった。

「あちゃぁ……」

「ミーテッシャは大祖父にいただいた大切なぬいぐるみというだけではない。わたしにとってミーテッシャは、夜を一緒《いっしょ》に過《す》ごしてくれる大切な友だったんだ。それなのに、あいつは……あいつは……」

なんとかミーテッシャは母によって形だけは元通りになったが、体中に消えない傷痕《きずあと》を残すことになってしまった。

それからはフェレットを見る度にあの時のことを思い出して震えてしまう。

「それじゃあ、あの子を飼うのはだめ？」

朝食も終わり、三人は淹《い》れなおしたお茶を飲んでいた。

「う……」

とても悲しそうにしょんぼりとしてみせるセリナに、ニーナは言葉をつまらせた。

「ニーナ、セリナさんのいつもの手よ」

レウがそう小声で助言してくる。

わかっている。自分に不利になってくると子供《こども》っぽく振《ふ》る舞《ま》うのはセリナのいつもの策《て》なのでよくわかっている。

わかっているのだけど……

「だめ？」

「うう……」

セリナのこういう顔には弱い。なにしろ普段《ふだん》からご飯を作ってくれるありがたい人なのだ。お願いをされると、どうしても断《ことわ》りにくい雰囲気《ふんいき》になる。

（いいや、思い出せニーナ・アントーク。セリナさんが飼いたいと言っているのはフェレットなんだぞ。あの、恐《おそ》るべき獣《けもの》なんだぞ。ミーテッシャの悲劇《ひげき》を忘《わす》れたのか？）

心の中で自分にそう言い聞かせ、頭をぶるぶると振る。

よし、断ろう。……そう思ってセリナと向き直るのだが、

「あの子、飼い主が見つからなかったら処分《しょぶん》されちゃうかもしれないんだよ。可哀想《かわいそう》なんだよ。……だめ？」

……目をうるうるさせて訴《うった》えかけてくるなど、反則的《はんそく》だ。

「う、うう……わかりましたよ」

そう呟《つぶや》いた時、隣《となり》でレウが「……馬鹿《ばか》」と小声で呟いた。

「え、本当！　ありがとう！」

「でもっ！　絶対《ぜったい》にわたしに近づけないでくださいね！」

「うん、わかってます」

明るく請《う》け合うセリナを見ながら、ニーナは暗澹《あんたん》とした気分になった。

†

その昼。

憔悴《しょうすい》しきった顔で練武館《れんぶかん》にやってきたニーナにレイフォンが目を丸くした。

「どうかしたんですか？」

まさか昨日の訓練で……そう呟いたレイフォンの心配をすぐに察して、ニーナは疲《つか》れた笑《え》みを浮《う》かべて首を振った。

「別に、昨日の疲れじゃないんだ。ただ、今朝《けさ》……な」

曖昧《あいまい》な物言いに怪訝《けげん》な視線《しせん》を向けてくるが、ニーナはそれ以上の説明をしなかった。

「それよりも、訓練だ。今日は昨日の続きをするのか？」

あんな悪魔のことよりも、金剛剄《こんごうけい》を身につけたい。天剣授受者《てんけんじゅじゅしゃ》の技《わざ》だからというわけではなく、その強力な防御力《ぼうぎょりょく》はニーナには必要だと思った。勢《いきお》い込《こ》んで体内の剄の速度を上げるニーナに、レイフォンは首を振った。

「今日は基礎《きそ》訓練です」

「なんでだ？　今のうちにコツを掴《つか》んでおきたいのに」

「技のコツそのものはもう掴んでいると思いますよ。昨日も言いましたけど、金剛剄はとてもシンプルな剄技です。覚える、ということだけならすぐにでもできます。使いこなすとなると話は違《ちが》ってきますけど」

「だから……」

「だから、金剛剄の真骨頂《しんこっちょう》はそんなところにはないんです」

はっきりと言い切られ、ニーナは口を閉《と》じた。

「精神力《せいしんりょく》なんてそんな簡単《かんたん》に養《やしな》えるものじゃないと思いますし、金剛剄を本来の用途《ようと》で使おうと思うなら、基礎能力《のうりょく》の向上こそが重要です。なにより、基礎が充実《じゅうじつ》していれば全《すべ》ての能力が上がる。良いこと尽《ず》くめじゃないですか」

そう言って、レイフォンは部屋の端《はし》に向かい、訓練の準備《じゅんび》を始める。

その背《せ》を、ニーナはなにも言えずに見つめた。

レイフォンの見ている先はニーナよりも先にある。ニーナが目の前の対抗《たいこう》試合……その先にある武芸《ぶげい》大会に意識《いしき》が向かっているのに、レイフォンはそれよりも先、汚染獣《おせんじゅう》と戦うことを考えている。

それは武芸者の本来のあり方なのだろう。都市を襲《おそ》う汚染獣と戦うことこそが武芸者の本分だというのはわかる。

だけど、学園都市同士の武芸大会……他の都市での戦争もまた武芸者にとっては避《さ》けられない戦いだと思うのだけれど……

「それ……には、どう考えてい……わっ」

言葉の途中で尻餅《しりもち》をついてしまい、ニーナは顔をしかめた。

床《ゆか》いっぱいに掌大《てのひらだい》のボールが転がっている。レイフォンの頼《たの》みで、ニーナが隊の予算を使って購入《こうにゅう》したものだ。

「それもまぁ、武芸者としては当然なのでしょうけどね」

平然とそう答えるレイフォンを、ニーナは恨《うら》めしく見上げた。

二人は転がるボールの上で型の練習をしていた。

武器に剄を流す要領《ようりょう》で足下《あしもと》のボールにも剄を流して転がるのを防《ふせ》ぐ。ただボールの上に立っているだけなら今のニーナにもできるのだが、型の練習をしながらだと辛《つら》い。次々と踏《ふ》むボールを替えないといけないし、その度《たび》に剄を流しなおすのは神経《しんけい》を遣《つか》ってしまう。

「確かに、人と汚染獣とでは戦い方は違いますけど、でもそれはやっぱり戦い方の問題で、剄技の質《しつ》そのものは変わらないと思いますよ」

ニーナがいまだゆっくりとしか移動《いどう》できないのに対して、レイフォンは悠々《ゆうゆう》とした様子で様々な型を繰《く》り出している。踏み、そして足から離《はな》れたボールは風に吹《ふ》かれた程度《ていど》にしか動かないのを見ると、ニーナとレイフォンにどれだけの差があるのだろうかと思ってしまう。

「例えば金剛剄なら、相手がどんな強力な技を使ってくるかわからない。どれだけの強度を実現《じつげん》できれば防ぎきれるのかわからない。そもそも相手が誰《だれ》なのかもわからない。そんな時に、この程度できれば問題ないだろうなんて言えませんよ。それなら、最大級のものを目指して訓練する方がいいじゃないですか。無駄《むだ》は一つもないですよ」

「……そういうお前は、ちゃんと練習しているのか？」

「してますよ。っていうか、いまもちゃんとしてるじゃないですか」

「いまはわたしに合わせて訓練のグレードを落としてるじゃないか」

「そんなつもりはないんですけど……」

むきになってニーナが言うと、レイフォンは困《こま》ったように頬《ほお》を掻《か》いた。

「まぁ、確かにそれぞれの技の練習はそんなにしてないですけど。でもまぁ、ここには専《せん》用《よう》の施設《しせつ》もないですし、できないって言うのが正解《せいかい》なんですよね」

ボールの上で片足立《かたあしだ》ちをしながらレイフォンは言う。そのままの姿勢《しせい》でゆっくりと構《かま》えを取っていく部下を、ニーナは見つめた。

濃密《のうみつ》な剄《けい》がレイフォンを中心に渦《うず》を巻《ま》いているのが見える。

レイフォンに最初に教わったのは相手の剄を見ることだ。肉体の動きと同時に剄の動きも捉《とら》える。そうすることで、相手が技《わざ》を繰り出す時にどういう剄の動きをしているのかを知ることができる。

できる……らしいのだが、ニーナには理解できない。㨗の動きは見えるし、相手が技を使った時にその動きが変化しているのもわかる。

わかるのだけれど、結局はそれだけだ。その㨗の動きを再現《さいげん》すれば技を使うことが可能《かのう》だという理論《りろん》はわかっても、実践《じっせん》はできない。

（ああ、まったく……）

レイフォン《この男》は不思議だらけだ。天才という存在《そんざい》がそもそも不可思議でしかたがない。ニーナも一年で小隊員になった稀有《けう》な生徒として、もしかしたら周りからは天才だとか思われているのかもしれないが、断固《だんこ》として否定《ひてい》したい。自分が天才だなんて思ったことはないし、他人が思っている以上に自分は努力していると思う。どれだけやっても足りないと感じるくらいに、がんばっている。

それだけがんばっても届《とど》かない領域《りょういき》にレイフォンはあっさりと踏《ふ》み込んでいる。

それなのに、その事実を誇《ほこ》るどころか淡々《たんたん》とした様子で受け止めている。当たり前だと思っているわけでもなさそうだ。

高慢《こうまん》ではあるけれど……

㨗の手ほどきをしてもらうようになって、特にそう思う。レイフォンの言葉には、できて当然という空気がいっぱいにつまっている。

そう考えて当然。

できて当然。

できないということは考えていない。

指摘《してき》するのは自分が負けてしまったようで悔《くや》しい。

もしかしたらレイフォン自身も、自分が無茶《むちゃ》なことを言っていると気付いているのかもしれない。そう感じるのは、レイフォンに言われたことをできなくても、決して苛立《いらだ》ったり怒鳴《どな》ったりする様子を見せないからだ。

ただ、ニーナが自分が教えたことをどうするか見守っているような気がする。

高慢だが、冷たさはない。

（ああ、まったく……）

ニーナはもう一度、心の中でそう呟《つぶや》き、ボールの上に立って型の練習を再開した。

どうしようもなく天才で、
どうしようもなく高慢で、
そして、どうしようもなく優《やさ》しい。

その優しさは武芸に集中していない時はどうにも頼《たよ》りない雰囲気《ふんいき》を宿してしまうのだけれど、一度集中してしまえばこんなにも研《と》ぎ澄《す》まされる。

その変化が、とても不思議で納得《なっとく》いかない。

(どうして、こう……)

ふと浮かんだ考えを、ニーナは頭《かぶり》を振《ふ》って追い払《はら》った。

そんなことを考えている場合ではない。

どうして、レイフォンはこんなことを考えさせるのか……まったく不思議で、そして、

(まったく、腹立《はらだ》たしい)

やってやる……そう思う。どんなことだってやってやる。こいつから吸《す》い取れるものはなんだって吸い取ってやる。

それが、この都市を守るための自分の力になるんだから。

†

「キュ～」

悪魔《あくま》の鳴き声に、ニーナは意識《いしき》と肉体が分断された。

「あ、ニーナちゃん」

練武《れんぶ》館《かん》を出て、ニーナはレイフォンと近くの商店街へと向かっていた。そこにある武芸者用の店でブーツを見ようという話になったのだ。他《ほか》にも滑《すべ》り止めなどの消耗品《しょうもうひん》の類《たぐい》も補《ほ》

給《きゅう》してかないといけない。

もうすぐ店だというところでセリナに呼《よ》び止められた。

そして、悪魔の声。

「な、なんでこんなところに連れてきてるんですか!?」

ニーナは悲鳴じみた声で抗議《こうぎ》した。ステファンと名付けられた悪魔の申し子は、セリナの周りを走り回っている。

「だって〜この子の散歩用にリードとか買わないといけなかったし、他にもいろいろ用意しないといけなかったんだもん」

拗《す》ねた様子で言うセリナの背後《はいご》にはペット用品を扱《あつか》う店がある。

「それよりも〜」

セリナがニーナを見てにやにやと笑う。

「ニーナちゃん、あつあつだね〜」

言われて、初めて自分の状態《じょうたい》に気が付いた。

「……えーと」

レイフォンのとても困《こま》った顔が近くにある。

「……え？　え？　わ、わっ！」

レイフォンに抱《だ》きついている自分に気付いて、悲鳴を上げて飛びのく。頰《ほお》が熱い。沸騰《ふっとう》するように顔が真っ赤になっているのがわかった。

「もう、照れなくてもいいのに」

「そういうのとは全然違《ちが》います！」

真っ赤になって抗議《こうぎ》しても、セリナはまるで聞いてくれない。

「あ、ニーナちゃん。これ持って帰ってね。わたし、このままステファンちゃんと散歩してくるから」

抱《かか》えていた大きな紙袋《かみぶくろ》を強引《ごういん》に押《お》し付けてくると、セリナはステファンを引っ張《ぱ》って離《はな》れていった。

「帰ったらステファンちゃんのお手柄《てがら》話してあげるね〜」

「ちょ……」

こちらも買い物が……と言おうとしたのだけれど、なにしろセリナは基本《きほん》的に他人《ひと》の話を聞かないし、なによりステファンが怖《こわ》くて強気にもなれない。

「……動物が嫌《きら》いなんですか？」

差し出した手を力なく垂《た》れさせるニーナにレイフォンが尋《たず》ねてくる。

「違うんだ……」

遠のいていくセリナの背中《せなか》にがっくりとうな垂れて、ニーナは気弱に首を振るしかできなかった。

†

結局、レイフォンに荷物持ちをしてもらわなければ持てないぐらいになってしまった。いや、ニーナたちが買ったものはそれほど多くない。セリナに押し付けられたものが多すぎたのだ。

「後先考えないで、まったく……」

ニーナはぶつぶつと呟《つぶや》きながら寮《りょう》への道を歩いていた。

そうでもしなければ、なんとなく感じている気まずい気分を思い出してしまうからだ。

今日は、なんだかおかしな日だと思う。自分の心をうまく操《あやつ》れていない感じだ。

背後をレイフォンが黙々《もくもく》と付いてくる。レイフォンが抱えているのはセリナが買ったフェレットのためのあれこれだ。中身を見てないからなにが入っているのかは知らないが、たかが小動物を飼うためにずいぶんと大げさな買い物をしたものだと思う。

レイフォンが視線《しせん》に気付いてこちらを見ようとした。武芸者にとってはさほどでもない重さなのだけれど、量が量だ。抱える紙包みの隙間《すきま》で動いた視線がこちらを向くよりも早く、ニーナは前に向き直った。

寮に辿《たど》り着くと荷物を食堂に置き、レイフォンを応接《おうせつ》室で待たせると、ニーナは自室へと戻《もど》った。

私服《しふく》に着《き》替《が》えてから、レイフォンにお茶を淹《い》れようと考えていた。幸いにも、先日セリナが焼いた焼き菓子《がし》がキッチンに残っているはずだ。

自分でも気付かない内に鼻歌を歌いながら着替えていたニーナはふと、ベッドに目がいった。

ベッドは壁際《かべぎわ》に置かれていて、すぐそばには出窓《でまど》がある。ちょっとした棚《たな》のようになったその場所を、ニーナは小物で女の子らしく飾《かざ》っている。

その中央……いつもと違うのはそこだ。虚《むな》しい空白を作っている部分に違和《いわ》感がある。

「………なぜだ？」

鼻歌が止まった。

そこにあるべきものがない。なにがないのか、一瞬《いっしゅん》わからなかった。なにかが足りない、そう思うのに……もどかしい気持ちで記憶《きおく》を掘《ほ》り返し、ニーナははっとした表情《ひょうじょう》で部屋中を見渡《みわた》した。

やはり、ない。

ミーテッシャがいない。

眩暈《めまい》を起こしてその場に倒《たお》れそうになったニーナだが、近くにあった勉強机《づくえ》に手を置いてそうなるのを防《ふせ》いだ。

「なぜだ……？」

いままでの不確《ふたし》かな気分はどこへやら、ニーナは深刻《しんこく》な顔で必死に記憶を掘り返した。

今朝はフェレット……ステファンなる名前を与《あた》えられた小さな悪魔の一件《けん》でどたばたとしていたが、それ以前、ニーナが起きた頃《ころ》にはミーテッシャを彼の定位置であるあの場所に置いたはずだ。

その後……その後はどうしたろう？　よく覚えていないがミーテッシャを動かした記憶もない。ステファンから逃《のが》れるために急いで身支度《みじたく》をして寮を出たのだけは覚えている。

その時になにかしたか？　いいや、ミーテッシャはあの場所にいたはずだ。

では、なぜミーテッシャがいない？

その疑問《ぎもん》に記憶は答えを出してくれない。

なら、ニーナの見ていない時間になにかが起きたのだ。ミーテッシャが、自分では動けない哀《あわ》れな黒白熊のぬいぐるみであるミーテッシャが動かされるようななにかが……

その時、弱々しくドアをノックする音がした。

「あのう……先輩《せんぱい》？」

ドアの向こうでレイフォンが声をかけてくる。ミーテッシャの行方《ゆくえ》を考えているだけでずいぶんと時間が経《た》ってしまっていたようだが、ニーナにはレイフォンを気遣《きづか》う余裕《よゆう》はなかった。

「ふふふ……馬鹿《ばか》だな」

自分でも驚《おどろ》くほどに乾《かわ》いた声が出た。顔を上げると、ドアを開けたレイフォンが目を丸くしてこちらを見ている。

「可哀想《かわいそう》なあのミーテッシャを置いていってしまったんだ。恨《うら》んでいるに決まっている」

「えーと……先輩？」

レイフォンが呼《よ》びかけているのはわかっているのだが、それよりも自分の出した結論《けつろん》を口に出して形にしないことにはニーナの気が済《す》まなかった。

「わたしが愚《おろ》かだったんだ。あの子があの時にどれだけの恐怖《きょうふ》を感じたか……まさしく死の手前までいったのはミーテッシャ自身なんだ。それなのに、わたしはわたしの恐怖心に負けてミーテッシャを置いていってしまった。怒《おこ》るのは当たり前じゃないか」

「先輩？　もしもーし」

「動けないはずのミーテッシャが自分からここを、それこそ死力を尽《つ》くして出て行ったんだ。わたしは、わたしができることをしないといけない。過《あやま》ちは修正しなくては……そうだ。そうしなければ……」

「先輩、帰ってきてくださ〜い」

言いながら、レイフォンがニーナからじりじりと距離《きょり》を開けている。ニーナが自らに課した責任感《せきにん》に心を打たれているのだと思った。

「ミーテッシャが帰ってこないじゃないか」

「ていうか、ミーテッシャって誰《だれ》ですか？」

「やらなければならない」

「なにをですか？」

最後は悲鳴になっていたが、ニーナはもうレイフォンに答える気はなかった。

「ただいま〜」

のんきな声が階下から聞こえてきた。

セリナだ。

そして、セリナがいるということは、奴《やつ》もいる。

「来たな」

ニーナは呟《つぶや》くと、レイフォンを押しのけて玄関《げんかん》へと走っていった。

「ん～誰もいない？」

玄関口でステファンの足を拭《ふ》いて抱《だ》き上げると、セリナはぐるりと中を見回した。一階には人のいる様子がない。

「ニーナちゃんが帰ってると思ったんだけど……」

セリナは、ニーナがステファンを恐《おそ》れているなんてことはすでに注意すべきことだと思っていなかった。

いや、むしろこんなに可愛いんだから絶対に仲直りするに違《ちが》いないとすら思っていた。

そんなセリナに二階からのけたたましい足音が聞こえてきた。

「あ、ニーナちゃん。荷物ありが……」

いつもの通りににこやかに手を振《ふ》ろうとして、セリナは固まった。

ニーナが凄《すさ》まじい形相《ぎょうそう》でこちらにやって来る。

その手には、なぜだか二本の復元《ふくげん》された錬金鋼《ダイト》……鉄鞭《てつべん》が握《にぎ》られていた。

「ニーナ……ちゃん？」

呆然《ぼうぜん》とそう呟いていている間にニーナが目の前まで迫《せま》る。

怖《こわ》がる暇《ひま》なんてなく、ただ立ち尽くしていると強風がセリナを押し飛ばした。

「……って、なにしてんですか!!」

悲鳴のような声を上げたのはレイフォンだ。

「……なぜ、邪魔《じゃま》をする？」

ニーナの目はらんらんと輝《かがや》いていた。

剣《けん》で鉄鞭を押し返しながら、レイフォンは背筋《せすじ》が震《ふる》えるのを止められなかった。

ニーナの全身から剄《けい》が溢《あふ》れている。まるで壊《こわ》れた水道のようだ。吐《は》き出す吐息《といき》にまで剄が混《ま》じっていて、悪夢《あくむ》に出てくる怪物《かいぶつ》を相手にしている気分になった。

「邪魔しますって」

震えながら、レイフォンは答えた。

「こうしなければミーテッシャが帰ってこないんだ」

「だから、それは誰ですか？」

「問答無用！」

ニーナは叫《さけ》ぶと、素早《すばや》くレイフォンの脇《わき》を抜《ぬ》けて再《ふたた》びセリナに迫った。

狙《ねら》いは、セリナが抱いているフェレット。

「貴様《きさま》を倒《たお》し、ミーテッシャを取り戻す！」

「ああ、もう！」

レイフォンはやけになって隙《すき》だらけの背中《せなか》に一撃《いちげき》を加えた。気絶《きぜつ》させるつもりの一撃だ、手加減《てかげん》はしてある。衝剄《しょうけい》の一撃を受けたニーナは開けっぱなしになっていた玄関《げんかん》を突《つ》き抜《ぬ》けて庭へと転がり出て行く。

ニーナの転がる様《さま》にレイフォンは渋面《じゅうめん》を浮かべた。武芸者《ぶげいしゃ》だから大丈夫《だいじょうぶ》に違いないが、それでも先輩《せんぱい》にこんなことをしなければいけないのは気持ちのいいものではない。

「なんなの……？」

転がったまま、セリナが呆然とした様子で呟く。胸《むね》に抱かれたフェレットが忙《せわ》しげに暴《あば》れていた。

「僕《ぼく》にもなにがなんだか……ミーテッシャがどうのって」

「え？　ミーテッシャ？　ミーテッシャなら……」

セリナがそう言いかけた時、レイフォンはニーナの殺気が膨《ふく》れ上がるのを感じた。

「まさか……」

そのまさかだった。

「ふううう……」

相変わらず剄を垂《た》れ流しながら、気絶したと思っていたニーナが立ち上がる。

「確実《かくじつ》に入れたのに……」

どうして……そう考えて、レイフォンははっとした。

「……金剛剄《こんごうけい》？」

まさか？　成功した？　こんなタイミングで？　こんな状況《じょうきょう》で？

「ふううう……」

「えー嘘《うそ》だー」

獣《けもの》じみた吐息を吐きながらにじり寄《よ》ってくるニーナに、レイフォンは緊張《きんちょう》するよりも脱《だつ》力《りょく》してしまった。なんていうか、技《わざ》を体得する過程《かてい》に感動がない。いままで使えなかった技がひょんなタイミングで使えるようになったという経験《けいけん》ならレイフォンにだってあるけれど、このタイミングはあんまりだ。

「取り戻《もど》す」

人間らしい言葉を口にして、ニーナはギラリとした目をステファンに向けた。

「あっ」

ステファンがセリナの腕《うで》から飛び出した。

「逃《に》がすかっ！」

玄関を抜けて庭へと走っていくステファンを追って、ニーナも走る。

まさか脱力したままでもいられず、レイフォンもニーナを追って走る。

「あ、あ……もしかして……ま、待って待って待って～」

なにかを思い出したらしいセリナがもはやどこへ行ったのかもわからないニーナたちを追って寮《りょう》を出て行った。

「わたしはっ！　ミーテッシャを取り戻す！」

「だからそれは誰なんですかっ!?」

人気《ひとけ》のない夕暮《ゆうぐ》れ時にニーナの叫《さけ》びとレイフォンの悲鳴が木霊《こだま》した。

†

日が落ちる前に図書館から戻ったレウは、開けっ放しにされた寮の玄関を見て眉《まゆ》を寄せた。

「無用心な」

注意してやろうとニーナやセリナを呼《よ》ぶが、誰も答えない。

「まったく……」

こんな無用心な真似《まね》をするのはセリナに違《ちが》いない。フェレットを飼《か》うのを許《ゆる》して調子に乗っているのだ。きつく言っておかないと……ぶつぶつとそう呟《つぶや》きながら自室へと戻ろうとしたレウは、ふと足を止めた。

「……そうだ」

思い出し、レウは階段《かいだん》を下りると応接室《おうせつしつ》へと向かった。寮生たちの談話室も兼《か》ねている応接室は三人が買っている雑誌《ざっし》などが積まれていたりする。

レウはソファの片隅《かたすみ》に置かれたままになっていたぬいぐるみを抱《だ》き上げた。

「お前を戻しとかないと、ニーナが大騒《おおさわ》ぎするな」

黒白熊のぬいぐるみにそう話しかけながらレウは二階への階段を上がった。

ニーナが出かけてから、セリナとレウはステファンが本当にネズミ捕《と》りもできないのか、二階の天井裏《てんじょううら》に巣くっているらしいネズミで試《ため》してみたのだ。意外にも成果は上々だったのだが、狩《か》るというよりは捕《つか》まえておもちゃにしたというのが正しいとレウは見た。生け捕ったものを自慢《じまん》げにレウたちに見せ付けるのには辟易《へきえき》したが、それでも捕まえることは捕まえた。セリナは「これでニーナちゃんもステファンちゃんを認《みと》めるね」と嬉《うれ》しそうに言っていたが、はたしてそれはどうだろう？

さて、それではどうしてミーテッシャが応接室にいたか？

二階の天井裏へと行く方法を探《さが》してみると、ニーナの部屋の天井板を外さなければいけないようにできていたのだ。寮のマスターキーはセリナが持っていたので入るのには困《こま》らないが、無断《むだん》で入るのだから気が咎《とが》める。しかもニーナの嫌《きら》いなフェレットを連れて、だ。

ミーテッシャの、ニーナ曰《いわ》く悲惨《ひさん》な過去を思えば、一瞬《いっしゅん》でも同じ場所に置いておくことは避《さ》けないといけないだろう。それで、レウが気を利《き》かせたつもりでミーテッシャを応接室へと運んだのだが。そのまま忘《わす》れて出かけてしまっていた。

「それにしても、あいつらはどこへ行ってしまったんだ？」

なぜか鍵《かぎ》が開いたままになっているニーナの部屋にミーテッシャを戻し、レウは胃袋《いぶくろ》の訴《うった》えにため息で応《おう》じた。

「ふはははははは、どうしたレイフォン？」

「あーもうっ！　どうしてこの技《わざ》を教えちゃったかなぁ！」

空中で剣戟《けんげき》を演《えん》じながら、レイフォンは悔恨《かいこん》の叫びを上げていた。

「ニーナちゃ〜ん、話を聞いて〜」

涙ながらのセリナの訴えがニーナの耳に届《とど》いたのは、剄の使いすぎで疲労困憊《ひろうこんぱい》になってからで、それは夜がかなり深まった時のことだった。

それ以来、ステファンがニーナを見るたびに逃げ出すようになってしまったのは、物事の道理としてはしごく当たり前のことではないだろうか。

# インタールード 03

「そういえば、普段《ふだん》でもお世話になってる人がいるんでしょ？」

「え？　ああ、メイシェンたちのこと？」

「うん、どんな人たち？」

「三人は幼《おさな》なじみなんだ。交通都市ヨルテムの出身で……ヨルテムは行ったでしょ？」

「あ、うん。三日くらいしかいなかったけど」

「あ、僕《ぼく》もそれぐらい。放浪《ほうろう》バスがすごく多いよね」

「うん。宿泊施設《しゅくはくしせつ》が一番きれいだった」

「そうそう」

「それで、どんな人たちなの？」

「ナルキはさっき見てるかも、おんなじ小隊にいたから」

「肌《はだ》の黒い人？」

「そうそう。都市警察《けいさつ》にも所属《しょぞく》してるんだ。で、ミィフィは明るい子で、編集部《へんしゅうぶ》で働いてる。メイシェンは人見知りする子なんだけど、料理……どっちかっていうとお菓子《かし》かな？

そういうの作るのが得意な子なんだ」

「へぇ。じゃあ、その子にお菓子とかいつも作ってもらってるの?」

「うーん、僕はそんなにお菓子好きじゃないしね」

「そうよね、あんまり甘《あま》いもの食べないよね。砂糖《さとう》は舐《な》めるくせに」

「糖分は必要だから」

「ああ、そうね。父さんもそう言ってるね。二人して砂糖だけ舐めて、気持ち悪いったら」

「そんな……」

「それで、じゃあ、その子のお菓子とか食べてないの?」

「いや、食べたことあるよ。甘さ控《ひか》えめにしてくれるから」

「……へぇ」

「メイシェンはいい子だよ。僕が忙《いそが》しいからって、いつもお昼の弁当《べんとう》を作ってくれるんだ」

「……ちょっと、待ちなさい」

# イノセンス・ワンダー

午前最後の授業《じゅぎょう》の終了《しゅうりょう》を告げるチャイム。それは戦いの合図でもある。

昼休憩《きゅうけい》が始まってまず最初に起こるのが武芸者《ぶげいしゃ》たちによる購買《こうばい》レースだ。食堂やレストランに行かず購買で安く済《す》ませてしまおうという一般《いっぱん》学生たちが武芸者に代買いを頼《たの》み、武芸者たちが昼休憩が始まると同時に一斉《いっせい》に教室を飛び出して購買部へと向かって行く様は嵐《あらし》のようだ。

時には教師《きょうし》役の上級学生までそこに参加するので歯止めを行う者はいない。

もちろん、器物損壊《そんかい》や喧嘩《けんか》沙汰《ざた》などを起こしてしまえば都市警《としけい》に捕《つか》まって罰則《ばっそく》を食《く》らう羽目になるのだが……

そんな嵐のような昼休憩の一幕《ひとまく》とは無縁《むえん》に、レイフォンたちはのんびりと近くにある公園に出かけていた。

その公園の脇《わき》には屋根付きの休憩所のようなものがあり、テーブルもあって外で食事するにはとても具合がいい。

「……今日は、なにか特別な日？」

テーブルに広げられた料理の数々にレイフォンは目を丸くした。今日は特に料理の入ったバスケットが大きいなとは思っていたが、その中身はさらに豪華《ごうか》だった。気合の入り方が違《ちが》う。

「……そういうわけでは、ないです」

恥《は》ずかしそうにメイシェンが俯《うつむ》いたままそう言った。

「まあ、美味《おい》しいものが食べられるのは良いことだよね」

「うんうん」

そう言ってフォローしようとするナルキにしてもミィフィにしても、今日のメイシェンの気合の入りようの理由はわかっていないようだ。なんとなく、言葉にレイフォンと同じ驚《おどろ》きが混《ま》じっているように思えた。

なんだか、今日のメイシェンは様子がおかしい。

「どうかした？」と聞ける雰囲気《ふんいき》でもなく、レイフォンは黙《だま》って料理を食べた。

†

天剣授受者《てんけんじゅじゅしゃ》。

メイシェンの脳裏《のうり》で、最近ずっとこの言葉が引っかかっている。

とても立派《りっぱ》そうな名前だというのはわかる。

気になる。

気になるなら聞けばいいのにとも思うのだけれど、レイフォンにそれを聞くことはどうしてもできない。

レイフォンに宛《あ》てられた手紙に書いてあった言葉だからだ。

その手紙はなんの偶然《ぐうぜん》なのか、他《ほか》の手紙と一緒《いっしょ》にメイシェンのところにやってきた。配達員の誤配《ごはい》だというのはすぐにわかるけれど、よりにもよってどうしてメイシェンのところだったのか……と恨《うら》みたい気持ちになる。

本当なら、メイシェンが知るはずのない手紙に書かれていたその言葉をレイフォンに聞くなんてできない。いまだに手紙をこっそり読んでしまったことを謝《あやま》れていないし、謝るタイミングは完璧《かんぺき》に失ってしまった。

手紙の送り主のリーリンという女性《じょせい》が、レイフォンにとってどんな人物なのか？　それの方がもっと知りたいけれど、それを聞くなんてもっとできない。

聞くのが怖《こわ》いというのもある。

ただ、わかっているのは、リーリンという女性はメイシェンの知らない、ツェルニに来る前のことを知っている、ということだ。

なんだか、それは、とても悔《くや》しい。

「天剣授受者って知ってる？」

だから、身近なところから聞くことにした。

場所はメイシェンたちの住む寮《りょう》のキッチン。

ルームシェアが条件《じょうけん》となっている3LDKのこの寮に、メイシェン、ナルキ、ミィフィの三人は一緒に住んでいた。幼《おさな》なじみ同士で気兼《きが》ねなく暮《く》らせるし、とにかく広い。本格《ほんかく》的なキッチンがあることもメイシェンを喜ばせた。

「天剣授受者？」

メイシェンの作ったケーキを頬張《ほおば》りながら、ミィフィが首を傾《かし》げた。

「なにそれ？」

「たぶん、武芸者の使う言葉だと思うんだけど……」

メイシェンが自信なく言い、ミィフィと一緒にナルキに目を向けた。

ナルキは武芸科に所属《しょぞく》しており、都市警で働いている。レイフォンは武芸者で、その言葉は武芸者のなにかを指しているに違《ちが》いない。武芸者であるナルキが一番、知っている可《か》能性《のうせい》が高かったのだけれど……

「天剣……知らないな」

ナルキが首を振《ふ》るのを見て、メイシェンはがっくりとうな垂《だ》れた。

だが、ナルキは興味を覚えたらしい。

「天の剣を授受される者……か。ずいぶんと大仰《おおぎょう》な名前だな。ヨルテムの交叉騎士団《こうさきしだん》よりもいいかもしれない。まぁ、都市毎《ごと》に武芸者《ぶげいしゃ》に称号《しょうごう》を与《あた》える習慣《しゅうかん》はあるみたいだからな、それの一つだとは思うけど」

それに、ミィフィが頷《うなず》いた。

「そうだねぇ、図書館で都市のデータ調べれば出てくるかもしんないね。で、これはどこの都市の言葉なわけ？」

「え……それは、その……」

「まぁ、あんたが気にするのなんて一つぐらいしかないと思うけどね」

「そうだな。なにしろ武芸者のことでもあるし」

「あ、いや、ね……違うの」

「なに一つとして違わないと思うよ」

「うむ。ま、明日にでも図書館に行ってみるか」

「そうだねぇ。どうせ、もうすぐあたし、バイトの方で小隊の人らにインタビューしないといけないし。話のネタにいろんな都市のことも調べたいしね」

「ほう。面白《おもしろ》そうだな」

「なんなら、付いてくる？」

「暇《ひま》があるならな」

「ナッキは働きすぎなのよね」

いつの間にかメイシェンの意思を無視《むし》してそういうことに決定してしまった上に、すでに違う話題で盛《も》り上がる二人に、メイシェンはかける言葉も思いつかずにあうあうとしてしまうのだった。


翌日《よくじつ》。

授業《じゅぎょう》が終わると、三人はモノレールに乗って図書館に向かった。

受付で学生証《がくせいしょう》を提示《ていじ》し、中に入る。指定された端末《たんまつ》の前に座《すわ》ると起動させた。

学園都市にやってくる情報《じょうほう》は全《すべ》て、放浪《ほうろう》バスからデータチップという形で届けられる。それらは全て図書館のデータベースに入力され、生徒たちは図書館の端末で閲覧《えつらん》し、必要なものはブック端末に落としていく。

旧来《きゅうらい》の書籍《しょせき》もあるにはあるが、それらの多くはツェルニで発行されたものがほとんどだ。

「さてさて、グレンダンの情報はっと……」

手馴《てな》れた様子でミィフィがキーボードを叩《たた》いていく。

槍殻《そうかく》都市グレンダン。

レイフォンのやってきた都市だ。武芸が盛《さか》んで、グレンダンで育った武芸者は強者が多いという話はよく聞く。

グレンダンが他の多くの都市にその名を知られているのにはわけがある。

サリンバン教導傭兵団《きょうどうようへいだん》。

都市から都市へと自前の放浪バスで移動し、雇《やと》われた都市で汚染獣《おせんじゅう》と戦い、あるいは戦争に参加する。

彼《かれ》らは数多くの汚染獣を狩《か》り、また、数多くの戦争の勝利に貢献《こうけん》した。また同時に、雇われた都市に武芸の技《わざ》や戦い方を伝えていった。

そのサリンバン教導傭兵団のメンバーのほとんどがグレンダンの出身者であるらしい。

彼らによって数多《あまた》ある自律型移動都市《レギオス》にグレンダンの名前が広められることになった。

だから、ほとんどの都市の人間はグレンダンの名前を知っている。

武芸が盛んだということのみを知っている。

しかし、それ以上のこととなると他の都市同様にわからなくなる。グレンダンにヨルテムとは違《ちが》う生活習慣があったとしても、メイシェンにはわからない。

天剣授受者《てんけんじゆじゆしや》という名前も、また同じにわからない。

「……どう？」

うーんとうなりながら画面を睨《にら》んでいるミィフィに聞いた。

「見つかんないなぁ」

「そうなのか？」

二人の後ろにいたナルキが画面に顔を近づけた。

「グレンダンの辞書にもないし、検索《けんさく》かけても全然拾ってきてくんない」

「グレンダン以外だとどうだ？」

「そう思ってやってみたけど、やっぱだめ」

「ふうむ」

ナルキが腕《うで》を組んで考え込《こ》む。

「いっそ、レイとんに直接《ちよくせつ》聞いてみるというのはどうだ？」

「……そ、それは」

「だめか？　一番手っ取り早いとは思うけどな」

「うん……できれば」

人見知りで、他人とはあまり話したがらないメイシェンだが、幼《おさな》なじみであるナルキたちにまで歯切れが悪いのは珍《めずら》しい。

そして、そんな隠《かく》し事を持ってしまったことや、隠しておきたいのに彼女らに頼《たよ》らないといけない自分がみっともなくて、メイシェンはちょっと泣きそうになった。

「ま、こうなったら他の武芸者に聞くしかないよね。明日からインタビューするんだけど、二人も来る？」

徒労に終わっても、ミィフィは特にいやな顔一つしていない。調べたいことがなかなか見つからないなんてことは、ミィフィにとってはそう珍しいことではないのだ。

「……うん」

自分のためにやってくれることなのだ。メイシェンは迷《まよ》うことなく頷《うなず》いた。

†

翌日《よくじつ》もまた放課後に行動を開始した三人は、練武館《れんぶかん》へとやってきた。

苦い記憶《きおく》が入り口に立った瞬間《しゅんかん》に思い出されて、メイシェンは立ち止まった。

「ん？　どしたの？」

「……なんでもない」

ふるふると首を振《ふ》る。間違えて自分のところにやってきたあの手紙を渡《わた》そうと、ここで悩《なや》んでいたのだ。あのままフェリに会わなければどうなっていたか……

ちゃんと渡せた自信がない。

そんな自分がいまだにあの手紙の中身のことで悶々《もんもん》としている。

それは、なんというかとても間違っているような気がしてきた。

「行こう」

メイシェンが悩んでいると、ナルキが手を伸《の》ばしてきた。

「なに悩んでるか知らないけど、知りたいんならちゃんと行動しないといけない。バイト始めた時みたいにな」

伸ばされたナルキの手はまっすぐに、その瞳《ひとみ》に宿っている光もまっすぐだ。

「……うん」

小さく頷いて、メイシェンはその手を摑《つか》んだ。

「今日アポとってるのは四つなのよん。さて、まずは第一小隊から……」

練武館の外観はとても広そうなのだけれど、実際《じっさい》の内部はパテントで区切られていて、通路もその隙間《すきま》になんとか作られているような感じで狭《せま》い。

メイシェンたちは何度も道に迷いながら目的の場所に辿《たど》り着いた。

「こんにちは〜」

防音材《ぼうおんざい》が使われているはずの壁《かべ》を震《ふる》わせるように響《ひび》く練習の音にメイシェンが緊張しているのに、ミィフィは遠慮《えんりょ》なくドアを開けるとのんきに声をかけた。

ドアを開けるなり、さらに大きな音がわっとメイシェンに襲《おそ》いかかってきた。

その音がミィフィの声でピタリと止まる。

いきなりの静寂《せいじゃく》にメイシェンはすくんでしまった、心持ちナルキの背《せ》に隠れる位置に移《い》動《どう》してしまう。

(うう……)

自分の弱気が情《なさ》けない。

それなのに、ミィフィはまるで動じていない。

『『週刊《しゅうかん》ルックン』の取材できました。一般《いっぱん》教養科一年ミィフィ・ロッテンとその連れで〜す」

「ああ、聞いている」

マネージャーらしき女性から受け取ったタオルで汗《あせ》を拭《ぬぐ》いながら、大柄《おおがら》な生徒がやってきた。

第一小隊の隊長、ヴァンゼ・ハルデイは、顎先《あごさき》にある無精髭《ぶしょうひげ》を撫《な》で、こちらを値踏《ねぶ》みするように見ながらメイシェンたちの前にやってきた。

「外の休憩室《きゅうけいしつ》で話そう。練習を続けろ」

言葉の後半は隊員たちに向けられていた。隊員たちが一斉《いっせい》に返事をし、練習が再開《さいかい》される。学生とは思えない威厳《いげん》を放つ大男に先導《せんどう》されて、メイシェンたちは休憩室へと連れて行かれた。

「『週刊ルックン』の記事は俺《おれ》も読んでいる」

赤銅《しゃくどう》色の肌《はだ》に太い眉《まゆ》、彫《ほ》りの深い顔立ちに無精髭……全体のパーツだけを揃《そろ》えると悪漢か好漢かという感じだ。

悪漢ではないだろう。

「少々、記事に賭《か》けを助長する部分が多いように思うが？」

なにしろヴァンゼは武芸《ぶげい》科全体を代表する武芸長という役職《やくしょく》にあるのだから。

「あはは、そ、そんなことはないですよ」

「記者の名前が違《ちが》うから君ではないのだろうが。まぁ、先輩《せんぱい》に言っておきたまえ」

「はい」

じろりと睨《にら》まれて、さすがにミィフィもたじろいだ様子を見せた。

「えと、それじゃあ、取材させていただきますね。対抗《たいこう》試合に入って、もう半分以上の小隊と対戦しましたよね。実際《じっさい》、ここまで試合をしてみてどうでしょう？」

「どう、とは？」

「対抗試合の手ごたえというか、第一小隊の完成具合といいますか……」

「対抗試合なんてしょせんは過程《かてい》に過《す》ぎないな。問題なのはこの後にある本試合だな」

「そうですね。で、ご自分の小隊はどうですか？」

「ここで良しとする上限《じょうげん》なんて設定《せってい》はできん。時間の許《ゆる》すかぎり精進《しょうじん》あるのみだ」

「ははぁ、すごいですねぇ。では、他の小隊のことになりますけど、全小隊の中でここは強いと思うのはどこでしょうか？」

「ふむ……どこにも一長一短はあるな。第三小隊は平均《へいきん》的な強さはあるが飛びぬけたものがない。これは、第一小隊《うち》にも言えることだがな。第五小隊や第十六小隊は変則《へんそく》的な攻撃《こうげき》が得意だが、読まれてしまえば終わりだ。使いどころの見極《みきわ》めが重要になってくる。順当に勝ち抜《ぬ》いているのは……」

「ええと、第五、第十、第十七が勝ち数で抜き出ています」

「第十小隊か……昨年の対抗試合ではなかなかの好成績《こうせいせき》を残したが、隊員の入れ替《か》えがあってからは精彩《せいさい》を欠いてはいるな。それでも隊長と副隊長の連携《れんけい》は見事だ。連携という点では第五小隊もそうだな。まぁ、コンビネーションの種類が違うが」

「第十七小隊はどうですか？」

ミィフィが言い、メイシェンの胸《むね》の内がトクンと揺れた。

レイフォンのいる隊だ。

レイフォンが他の人たちになんと思われているのか、それが気になった。

「隊長のニーナ・アントークの采配《さいはい》は見事だな。少ない駒《こま》でどうすればいいかをよく考えている。が、しかし、少数であることが最大の弱点でもある。攻撃力という点では小隊の中で上位に入るだろうが、防御力《ぼうぎょ》という点では甘《あま》い。攻撃側に立っている時はいいが、防御側に回った時は後手《ごて》に回っている感があるな」

「第十七小隊といえば、注目されてるのはアタッカーのレイフォンだと思うのですけど、彼については？」

「第十七小隊の攻撃力のほとんどは彼だ。シャーニッドの狙撃《そげき》力も侮《あなど》れないものがあるのは確《たし》かだが、一撃が恐《おそ》ろしいのは彼の方だな」

武芸科のトップに褒《ほ》められている。そう思うと嬉《うれ》しくなった。

「が、その身で受けるのが恐ろしい剣《けん》には盾《たて》を向ける。それを実践《じっせん》したのが第十四小隊だ。勢《いきお》いは無視《むし》できないが、まだまだ未成熟《みせいじゅく》。それが第十七小隊だ」

「そうですか。最後に、武芸大会に向けての意気込みをお願いします」

「俺はこの学園を胸を張って卒業したいと思っている。なにがあっても守る。それだけだ」

「ありがとうございました」

ミィフィがぺこりと頭を下げ、メイシェンたちもそれに倣《なら》った。ヴァンゼは鷹揚《おうよう》に頷くと、休憩室《きゅうけいしつ》を出て行こうとする。

「あ、そうだ」

と、ミィフィが思い出したことがある口調で言った。

「ん？」

「一つ、ちょっとした質問《しつもん》なんですけど、いいですか？」

「なんだ？」

「天剣授受者《てんけんじゅじゅしゃ》って言葉、知ってます？」

「……それがどうかしたのか？」

「いやぁ、偶然《ぐうぜん》知っちゃったんですけど、意味とかぜんぜんわからなくて、武芸長のヴァンゼ先輩なら知ってるんじゃないかなって」

「知らんな。では、もう行くぞ」

朗《ほが》らかにそう言ったミィフィにヴァンゼは硬《かた》い表情《ひょうじょう》で言い切ると、今度こそ休憩室を出て行った。

「あれはなにか、知ってたねぇ」

「そうだな。知っていて隠《かく》したな」

ヴァンゼが去った後で、ミィフィとナルキがそう言い合う。

どうしてだろう？　メイシェンは少しだけ不安になった。どうして、ヴァンゼは知っているのに隠したのか。天剣授受者という言葉には、誰《だれ》かに知られたくない意味でもあるのだろうか……？

「ふうん……ちょっと面白《おもしろ》くなってきたかも」

メイシェンとは好対照に、ミィフィは好奇心《こうきしん》で目を光らせた。

「隠されたら、逆《ぎゃく》に知りたくなるよね」

「ノーコメントだ」

「ふふふ。こうなったら他の人にも聞いてみよ。さ、次へゴー」

ナルキの言葉も耳に入っていない様子で、ミィフィは意気揚々と立ち上がる。

メイシェンはどんどん不安になっていった。

次にミィフィが向かったのは第十小隊だった。

さっきと同じようにミィフィが陽気《ようき》にドアを開けると、応対《おうたい》してきたのは三人が圧倒《あっとう》されるような、とても豪華《ごうか》な雰囲気《ふんいき》の美女だった。

またも休憩室に引き返してその女性《じょせい》にインタビューする。

女性の名前は、ダルシェナ・シェ・マテルナ。第十小隊の副隊長であるらしい。

本物の金のように照明の光を鈍《にぶ》く撥《は》ね散らす長い髪《かみ》はクルクルと大きな螺旋《らせん》をいくつも描《えが》いている。

戦闘衣《せんとうい》は改造《かいぞう》され、上衣がコートのようになっている。赤い生地《きじ》に白のラインと、まるで古い物語に出てくる騎士《きし》の出《い》で立ちだ。

「悪いが、用件《ようけん》は手短に頼《たの》む」

「あ、はい」

突《つ》き放した冷たい対応に、ミィフィもたじたじの様子だ。

「ええと……対抗《たいこう》試合では勝ち越しで調子が良いですけど、実際《じっさい》の感覚としてはどうでしょう？」

「不満はもちろんある。だが、隊全体が良いコンディションで戦えているのも事実だ。このコンディションを崩《くず》さないままに本戦を迎《むか》えたい」

「小隊の中で、強敵だと思うのはどこでしょう？」

「第一小隊だな。ヴァンゼ武芸長《ぶげい》の戦い方は恐《おそ》ろしく堅実《けんじつ》だ。そして、その堅実さを支《ささ》える隊員たちの能力《のうりょく》も高い」

「他《ほか》にも勝ち越しの小隊だと第五小隊や第十七小隊もありますけど」

「第五小隊の強さはゴルネオとシャンテのコンビプレーにある。化錬剄《かれんけい》の変幻自在《へんげんじざい》の攻撃《こうげき》は自由にしておくものじゃない。理性のゴルネオと本能のシャンテ。確《たし》かに恐ろしい。が、突きどころはいくらでもある」

「では、第十七小隊は？」

「アタッカーのレイフォン。それに尽《つ》きるな。個人《こじん》の戦闘能力ではヴァンゼ武芸長も後塵《こうじん》を拝《はい》することになるだろう。が、それだけだ。ただ一人で小隊一つをまるごと相手にできる実力があったとしても、やはり一人であるということには変わりない。いままでの戦いは個人プレーがうまくいっていただけの結果だ。彼とは一度、一騎打《いっきう》ちをやってみたいとは思うが、それ以上の興味《きょうみ》はない」

「ありがとうございます。えと、最後に、これはインタビューとは関係ない質問《しつもん》なんですけど……」

「なんだ？」

「天剣授受者《てんけんじゅじゅしゃ》って知ってます？」

「天剣……いや、知らないな。どこの言葉だ？」

「たぶん、グレンダンだと思うんですけど」

「ならゴルネオに聞くといい。彼はグレンダンの出身だ」

「そうなんですか？　ありがとうございます」

「うん、君たちもご苦労だった。武芸者は武芸者なりに、君たちは君たちなりにこの都市を存続《そんぞく》させるためにがんばろう」

最後の最後に、ダルシェナは冷たく固まった表情を溶《と》かせて微笑《ほほえ》んだ。邪気《じゃき》のまるでないその笑《え》みに、メイシェンたちは思わず「ほぅ」と息を零《こぼ》してその背《せ》を見送った。

「うわっ、かっこいい……」

「そうだな。なんというか、華《はな》のある人だ」

「……うん」

三人は夢心地《ゆめごこち》な気分でダルシェナの去った方向を見つめてしまっていた。

「ダルシェナさんて、法輪《ほうりん》都市イアハイムっていうところの都市長の娘《むすめ》さんらしいよ」

「……そうなんだ」

「なるほどな。支配者《しはいしゃ》の気品という奴《やつ》なのかな？」

「どうなんだろうねぇ。でも、カッコイイねぇ」

「カッコイイね……」

「ああ……それにしても、よくそんなこと知ってたな」

「なんかねぇ、ファンクラブがあるのよね。そこの会報《かいほう》に、ちょっとやばいんじゃないかってくらいあの人のプロフィールがぎっちり書いてあるの」

「それはそれで問題があるような気がするが……その会報を見てみたい気もする」

「見せたげようか？」

「……いや、やめとこう」

そんな会話を交《か》わしながら、三人はしばし蕩《とろ》けた気分から抜《ぬ》け出すことができなかった。


次は第五小隊だ。

ダルシェナの雰囲気に当てられた三人はふらふらと赴《おもむ》き、またも同じ場所でインタビューすることになった。

今回は一人ではない。

第五小隊の隊長、ゴルネオ・ルッケンスは武芸長のヴァンゼに勝《まさ》るとも劣《おと》らない大男だ。

全身これ筋肉《きんにく》といわんばかりの体に、がっしりとした首に支《ささ》えられた頭がのっている。

けれど、その太い骨格《こっかく》で形作られた厳《いか》つい顔の中にはどこか愛嬌《あいきょう》のある目鼻が揃《そろ》っていて可愛《かわい》らしい印象もある。

さらに、その頭にしがみつくように一人の少女を肩に乗せているので、その印象がもっと強くなった。

赤髪《あかがみ》の、ゴルネオとは対照的にきつい印象のある顔つきだが、小柄《こがら》な体とあいまって、どこか生意気盛《ざか》りの子供《こども》というイメージが抜《ぬ》けない。

それでも、彼女《かのじょ》はツェルニの学年では五年生。少なくとも二十歳《はたち》にはなっているはずなのだ。

彼女の名前はシャンテ・ライテ。第五小隊の副隊長だ。

「あの、大丈夫《だいじょうぶ》ですか？」

とてもご機嫌斜《きげんなな》めらしいシャンテは、ゴルネオの頭に爪《つめ》を立てていた。

「気にするな。いつものことだ」

ミィフィの質問に、ゴルネオは平然とした様子だ。

メイシェンがこわごわとそんなシャンテを眺《なが》めていると、「シャー！」と威嚇《いかく》された。

「ひっ」

「シャーっ！」

「……あう」

「やめんか」

ゴルネオの大きな拳で小突《こぶしこづ》かれても、シャンテはやめない。

と、シャンテが威嚇するのを止めた。

「フンフン」

今度はひっきりなしに鼻を動かすと、ゴルネオの頭からぐぅっと上半身を伸《の》ばしてメイシェンに顔を寄《よ》せた。

「……あ、あの」

「お前、いい匂《にお》いがする」

「……え？」

「ああ……この子は料理が好きですから」

「うん、甘《あま》い匂いがする」

「……あ」

必死に鼻を動かすシャンテを見て、メイシェンは鞄《かばん》から紙包みを取り出した。昼休憩《きゅうけい》におやつで食べたクッキーの残りだ。

「あの、こんなのしかないですけど……」

「くれるのか!?」

「……どうぞ」

ベンチの上で紙包みを広げると、シャンテはゴルネオの肩から飛び降《お》りて、メイシェンの隣《となり》にやってきた。

そのまま無言でクッキーを頬張《ほおば》る。

「すまんな」

ゴルネオがメイシェンに頭を下げた。

「あ……いえ、そんな」

「野外生活が長かったようでな」

「……はぁ」

なんのことかよくわからない。

「えと……それじゃあ始めさせていただきますね」

隣ですごい勢《いきお》いでクッキーを食べるシャンテに戸惑《とまど》いながら、ミィフィがインタビューを始めた。

「対抗《たいこう》試合、勝ち越《こ》してますけど隊長の目から見て隊に満足していますか？」

「そこで満足すればそこで終わる。なにより自分の不甲斐《ふがい》なさを知っているのだから満足できるわけがない」

「気になっている小隊とかはありますか？」

「第一小隊の安定した強さには見習うべきものがある。どのような状況《じょうきょう》にも即応《そくおう》してみせる指揮能力《しきのうりょく》と隊員たちの練度は小隊の模範《もはん》だろうな」

「これから戦う小隊で気を付けないといけない隊はどれでしょう？」

「全《すべ》てがそうだが、やはり第一小隊だな。あの小隊に勝てないということは、すなわちツェルニの旧世代《きゅう》に勝てないということだ。二年前と何も変わらないのなら、二年前と同じ結末を迎《むか》えるだけになる」

ゴルネオの言葉には重苦しい雰囲気《ふんいき》があった。

二年前、メイシェンが来る前のツェルニは、武芸《ぶげい》大会で惨敗《ざんぱい》を喫《きっ》した。そのためにツェルニは保有《ほゆう》するセルニウム鉱山《こうざん》が一つとなり、あとには退《ひ》けない状態《じょうたい》になってしまっている。

負けられない。ゴルネオの言葉にはそれがこもっている。ヴァンゼの言葉にもあった。

ダルシェナにもそれはあった。

メイシェンは、それをひしひしと感じた。

普通《ふつう》に学生をしていると、こんな空気はどこにもない。勉強と夜からのバイトや遊び、女の子はファッション、男の子はボールゲームやウォーターガンズで、共通して気になる異性《いせい》とエンタテインメントムービーの俳優《はいゆう》たちや歌手で教室の話題は占《し》められている。

それだけで十分で、それだけで楽しい。ナルキとミィフィがいればいつだって楽しく暮《く》らしていけるメイシェンにとっても、教室のそういう空気を遠くから眺《なが》めているだけで十分に楽しむことができる。

だけど、一方でこういう世界がある。

これも、ツェルニだ。学園都市ツェルニ。学生しかいない都市。育つ者たちの場所。集積される情報《じょうほう》を自分たちの力で知識《ちしき》に変えていかないといけない場所。

守ってくれる大人はいない。

自分たちの世界は自分たちで守らないといけない。

そんな場所だ。

その空気が、いま、ひしひしと伝わってくる。休憩室にまで届《とど》く、パテントに区切られた空間で小隊の武芸者たちが起こす衝撃音《しょうげきおん》がそれを伝えてくる。一度そう思って聞こえてしまうと、もう耳から離《はな》せない。

ツェルニという名の生き物が見せる闘志《とうし》と決意が、練武館中で轟《とどろ》き唸《うな》っている。

「ありがとうございました」

メイシェンが呆然《ぼうぜん》とその音の奔流《ほんりゅう》に呑み込《こ》まれている間にも、ミィフィはインタビューを続け、そして終わったようだった。

「最後に、質問《しつもん》いいですか？」

「ん？」

紙包みに残ったクッキーのかすを舐《な》め取っていたシャンテをゴルネオが摘《つま》み上げる。その姿勢《しせい》のまま、ミィフィを見た。

「天剣授受者《てんけんじゆじゆしゃ》という言葉、ご存《ぞん》じですか？」

「……どこでその言葉を？」

「ちょっと……で、他の人にグレンダンの言葉だって聞きまして、グレンダン出身の先輩《せんぱい》ならなにかご存じかなって」

「……目標であり、過程《かてい》だ」

「……は？」

「世の中のあらゆるものはだいたいそんなものだろう。持っていなければ欲《ほ》しいと思う。必要だから手にいれる者もいる。手に入れればその次が見えてくる。見えてこなければその時に終わりが来る。天剣授受者なんて言葉もそんな中の一つだ。その意味を知っている者は必要だと感じるかもしれない。欲しいと思うかもしれない。だが、知らなければそれで終わることでもある」

「は、はぁ」

「それを持っていない、そして知らないのなら、知る必要がないことなら、君たちの興味《きょうみ》はそこで終了《しゅうりょう》だ」

いい終えると、ゴルネオはメイシェンたちに背《せ》を向けた。

シャンテが腕《うで》を伝ってゴルネオの肩《かた》に腰《こし》を落ち着ける。

その目がメイシェンを見ていた。

「お前、なんていうんだ？」

「えっ、あ……メイシェン、です」

「メイシェンか！　ありがとう。お前はいい奴《やつ》だからまた遊びに来い！」

「菓子《かし》をたかるな」

「またなぁ！」

ゴルネオの言葉など聞こえていない様子でシャンテが手を振っている。メイシェンは愛《あい》想《そ》笑いを浮《う》かべて小さく振り返した。

「うはぁ、怖《こわ》かった」

ミイフィが溜《た》め込んでいた息を吐《は》き出した。

「まったくな。汚染獣《おせんじゅう》の尻尾《しっぽ》を踏《ふ》みつけた気分だ」

「うーん、もうゴルネオ先輩をほじくるのは無理だねぇ。がっちり釘《くぎ》を刺《さ》されちゃったよ」

「そうだな。となれば、残るのは……」

二人がメイシェンを見た。

言いたいことはわかる。他のグレンダン出身者を調べて聞きまわるよりも、もっとわかりやすくそれを聞く方法はあった。だけどそうしなかった。

そうしなかったからゴルネオに睨《にら》まれることになった。

ヴァンゼも隠《かく》したがっている様子だった。

なんだろう……

とても不安になった。

天剣授受者という言葉に、どれぐらいの意味があるのか……

思い悩《なや》むメイシェンにミィフィがとても言いづらそうに口を開いた。

「えーとね、実は、最後の一つは第十七小隊だったりするわけなんだよね」

メイシェンは固まった。

「だってしかたないじゃん。対抗《たいこう》試合の上位戦績《せんせき》の小隊を特集するって企画《きかく》なんだから」

言い訳めいたことを呟《つぶや》きながら、ミィフィが第十七小隊のドアをノックしてノブを回した。

「こんにちは〜」

ミィフィが朗《ほが》らかな大声とともにドアを開ける。

空間いっぱいに、その声が響《ひび》き渡《わた》った。

とても、静かだった。

訓練の大きな音に負けないようにとの大声だったのだけれど、これだけ静かだと場違《ばちが》いなぐらいの大声だ。

意表を突かれたことと恥《は》ずかしさで、さすがのミィフィも顔を真っ赤にしてその場で固まってしまった。

「あれ……ミィフィ？　それに他《ほか》のみんなも？　なに？」

ドアの向こうからレイフォンの声がした。

「……なにしてんの？」

ミィフィがきょとんとした声でそう言っている。彼女が邪魔《じゃま》で中の様子がよくわからないメイシェンは、肩越《かたご》しに中を覗《のぞ》きこんだ。

床中《ゆかじゅう》にボールが転がっていた。硬球《こうきゅう》だ。

「そうなんだろうけどさ……」

「えーと、練習」

その、床いっぱいに転がったボールの上にレイフォンたちが立っている。レイフォンにニーナ、それにシャーニッド。フェリは興味もなさそうに端《はし》に置かれたベンチに座《すわ》って本を読んでいた。

ゴロゴロ転がるボールの上でふらふらせずに立っているのは、すごい事のように思えるのだけれど……

「すごいな、バランスの練習か？」

「それもあるけど、活剄《かっけい》の練習。活剄の流れで筋肉《きんにく》の動きを制御《せいぎょ》してバランスを取ったり、衝剄《しょうけい》の応用《おうよう》でボールの回転を抑《おさ》えたり、そんな感じ」

ナルキに答えたレイフォンが手にした剣《けん》を二、三度振り回した。

軽快《けいかい》にボールの上を移動《いどう》して剣を振りぬいたレイフォンに、メイシェンは目を丸くした。

「インタビューに来たというのは君たちか？」

驚《おどろ》いていると、同じようにボールの上に立っていたニーナが口を開いた。

「あ、はい。『週刊ルックン』です」

「ご苦労だな。では、やろうか」

「あ、場所変えましょうか？」

「いや、ここでいいだろう」

「そうそう、せっかくイカスおれ様の話を聞きに来てくれたんだ。もてなすぜ。レイフォン、お嬢《じょう》さんたちに飲み物でも買って来いよ」

ボールの上をひょいひょいと跳《と》んで、シャーニッドがミィフィたちの前に来た。

「お前の話を聞きに来たのではないと思うが、まぁ、どこだろうとかまわない。そこで話そう」

ニーナがベンチを指差すと、フェリが無言でそこから立ち上がり、真反対の壁際《かべぎわ》で座り込んで再《ふたた》び本を読み始めた。

シャーニッドが硬貨を投げた。空中で広がっていくそれをレイフォンが片手《かたて》で全《すべ》て受け止めるとやれやれと休憩室《きゅうけいしつ》にある自動販売機《はんばいき》に行こうとする。

「……あ、手伝うよ」

メイシェンはそれを追いかけた。

「ごめんね」

ガシャコンと音がして自動販売機から缶《かん》が出てくる。

「え？」

それをレイフォンが引っ張《ぱ》り出している。

ジュースを選ぶ指先に迷《まよ》いがない。きっと隊のみんなの好みを把握《はあく》しているのだろう。その証拠《しょうこ》に、メイシェンたちのものはちゃんとどれがいいか聞いてきた。

（わたしたちの、まだ覚えてないんだ）

それがちょっと悔《くや》しい。

「みんなで押《お》しかけて」

「いいんじゃないかな。どうせ、もうすぐ休憩のはずだったし」

全員分の缶を抱《かか》えてレイフォンが立ち上がる。半分持つと言ったら、レイフォンはメイシェンたちのために買ったものを渡してくれた。

せっかく二人きりになれたのだからなにか話を……そう思ってみても、立ち止まってまですするような話題が思いつかず、メイシェンはレイフォンの後に黙《だま》って付いていくしかなかった。

先を行くレイフォンの背《せ》を見つめる。

入学式の乱闘《らんとう》事件《じけん》の時、メイシェンを守ってくれたのはこの背だった。並《なら》んでいた人の列がいきなりくずれ、たくさんの人がこちらに押し寄《よ》せてきていた。メイシェンは驚いて足を滑《すべ》らせてその場に転んでしまった。

あのままだったら、崩《くず》れる人の波にメイシェンは押し潰《つぶ》されていたに違《ちが》いない。

レイフォンがそれを守ってくれた。押し寄せる生徒たちを腕《うで》で押さえて、メイシェンが踏《ふ》み潰されるのを防《ふせ》いでくれた。

それは、もしかしたらただの偶然《ぐうぜん》だったのかもしれない。

それでもメイシェンを守ってくれたあの背は忘れられない。

天剣授受者《てんけんじゆじゆしゃ》……それはレイフォンの過去《かこ》だ。

知りたいと思う。どうして知りたいのかと言えば、それは自分がレイフォンのことを知りたいというだけの理由でしかない。それ以上の理由が思いつかない。手紙をかってに読んでしまった後ろめたさもあるけれど、その手紙にあった過去の断片《だんぺん》を、ただ知りたいという理由だけでほじくり返していいのかがわからない。

レイフォンに聞かず、他の誰《だれ》かから知ろうとしたのも後ろめたいからだ。

自分が、正しいのかどうかがわからない。

(でも……)

聞きたい。それも本当だ。

謝《あやま》るタイミングを失って、もう、ずっと黙《だま》っていようと思った。リーリンという手紙の送り主のことはもう、本当に聞かないことにした。

彼女はグレンダンにいる、レイフォンはツェルニにいる。

無事に卒業までここにいることができるなら、六年という時間がメイシェンにはある。

「……？　メイ？」

足を止めたメイシェンに、レイフォンが振《ふ》り返って訝《いぶか》しげな顔をした。

「……あ、ごめんなさい」

「どうかした？」

「……なんでもない」

俯《うつむ》いて首を振る。

いまのメイシェンの顔を見て欲《ほ》しくなくて俯いた。

唐突《とうとつ》に、気付いてしまった。

いや、それは違う。いま気付いてしまったわけじゃない。ずっと前から気付いていた。

気付いていたけど目を背《そむ》けていた。それを直視《ちょくし》したくなかったからだ。

それはあまりにも醜《みにく》い。

メイシェンには六年という時間がある。リーリンには絶対《ぜったい》に埋《う》めることのできない六年という時間がある。

それを〝有利〟と受け取ってしまった。

〝有利〟……なんて計算高い言葉だろう。姑息《こそく》だ。みっともない。とんでもないくらいにみっともない。

そんな風に考えてしまっている自分がみっともない。

なんでこんな風に考えるようになってしまったのか？

それは悔しさでもあり、焦《あせ》りでもあった。

メイシェンは、背中に惹《ひ》かれた。いま目の前にある、メイシェンを守ってくれたその背中に惹かれてしまった。

その背を、もっと前から知っている人がいる。メイシェンの知らないツェルニに来るまでのレイフォンを知っている女性《じょせい》がいる。

それが耐《た》えられない。

メイシェンの感じた有利さだって、それに気付いてしまったから必死になって考えてなんとか導《みちび》き出した結論《けつろん》に過《す》ぎない。有利なのは確《たし》かだけれど、その六年で自分になにができるのか、それを考えるのはとても怖《こわ》い。世界の広がりをミィフィとナルキで止めてしまっていた自分になにができるのかを考えれば、その選択肢《せんたくし》がひどく少ないのに気付いて怖くてしかたがない。

その怖さをなくすために、リーリンという見えない存在《そんざい》に焦りを感じないために、メイシェンの知らない十数年を知らないままにしないために、知りたい。

(我儘《わがまま》……)

自分でもそう思う。

レイフォンがドアを開けると、中からどっと笑いが飛び出してきた。

「難《むずか》しいな、これ」

ばつが悪そうに、ボールを蹴散《けち》らして床《ゆか》に転がったナルキが呟《つぶや》いていた。

「初めて挑戦《ちょうせん》したにしてはいい方さ」

シャーニッドがそう言ってボールの上に立った。片足立《かたあしだ》ちで、ぴょんぴょんとボールの上を移動《いどう》していく。それにミイフィとナルキが「おお」と声を上げる。

「わたしの方が先に始めたのにな」

軽口なのだが、ニーナは悔《くや》しそうだ。

「そりゃおれは、ばれないように移動するのに普段《ふだん》からいろいろと気を遣《つか》って動いてるからな」

飄々《ひょうひょう》とそう答えて、シャーニッドがボールの上から下りる。

「ふん……まぁ、こうやって日々精進《しょうじん》の毎日だな」

「なるほどなるほど」

ミィフィはふんふんと頷《うなず》きながら手帳に書き込《こ》んでいる。

どうやら、インタビューの延長《えんちょう》でどんな訓練をしていたのか聞いたのだろう。

「では、気になっている小隊とかはありますか？」

「全《すべ》てだ。第十七小隊はどこよりもはっきりとした弱点を抱《かか》えている。全ての隊はそれを突《つ》いてくるだろうし、勝つためにはそれをどうにかしないといけない。あそこが強いから気を付けようなんて言ってられない。どの隊もうちより強い。その認識《にんしき》でやっている」

「でも、戦績《せんせき》は上位ですよ」

「実力ではないと言うつもりもないが、運の要素《ようそ》が強かったのも確かだ。奇襲《きしゅう》は不意を突《つ》くから効果《こうか》があるのであって、来るとわかっていれば受け止められてしまうし、待ち伏《ぶ》せされるかもしれない。このままならそのうちまた負ける。そうならないための努力だな」

「ははぁ。じゃあ、最後に意気込みみたいなものをお願いします」

「わたしはここが好きだ。だから武芸《ぶげい》大会にむけてやれることをやる。それだけだな」

「ありがとうございました」

インタビューが終わり、後はジュースを飲み終わるまでみんなで雑談《ざつだん》をした。シャーニッドが冗談《じょうだん》を言い、ニーナがそれに苦い顔をする。それを見て、ミィフィが笑う。ナルキはさっきのことが悔しかったのか、レイフォンを引っ張《ぱ》ってボールの訓練に挑戦している。フェリは、我関《われ》せずを貫《つらぬ》いているが邪魔《じゃま》に思っている様子はない。気安い空気がここにはあった。この空間にメイシェンがいてもいいのだと思わせてくれる。

なんだか、ほっとする。

この空気がメイシェンを受け入れてくれているのだと思うと嬉《うれ》しい。メイシェンの世界はほんの少し広がったのだと感じることができる。

だけど……

「そうだ、天剣授受者《てんけんじゅじゅしゃ》って知ってます？」

ミィフィのその一言で、安らかだと感じていた空気が二つに割《わ》れた。

†

ミィフィを責《せ》めるつもりはない。彼女《かのじょ》の好奇心《こうきしん》は無邪気《むじゃき》の塊《かたまり》でもある。知らないでいるということが我慢《がまん》できないのがメイシェン以上なのはずっと昔から知っている。知っていて話したのだから、こうなったとしても彼女を責めることなんてできない。

放課後、メイシェンは一人でその場所にいた。錬金科《れんきん》の近くにある公園。ついこの間、ここでレイフォンとアイスクリームを食べた。

あの時にも聞こうと思った。思っていた。だけど、できなかった。

そんなことを思い出しながら、夕闇《ゆうやみ》の近づく公園に足を踏《ふ》み入れる。

先客は一人だけいた。ベンチがすぐそこにあるのに立っている。

メイシェンの足音に気付いたのか、その人物が振《ふ》り返った。

フェリだ。

動きに合わせて揺《ゆ》れる白銀の髪には夕闇の気配が張り付いていた。

「本当に一人できてくれたんですね」

「……はい」

フェリの前で足を止める。緊張《きんちょう》で胸《むね》の中が張り裂《さ》けそうだった。

朝、学校に来ると机《つくえ》の中に手紙が入っていた。

「二人だけで話したいことがある」とあり、時間と場所が指定してあった。

メイシェンは一人でここに来た。

念威繰者《ねんいそうしゃ》のフェリに呼《よ》ばれたのだ。嘘《うそ》なんて吐《つ》けない。その気になればこの公園にいる虫の数を正確《せいかく》に数えることができるのが念威繰者だ。ナルキやミィフィが隠《かく》れているなんてことができるわけもない。

「……もしかしたらきてくれないかもしれないと思っていました」

「本当は、そうしたかったです」

手紙を机の中から出した時点で二人にばれた。手紙の中身は三人で読んだ。その結果、メイシェン一人で来ることに決まったのだ。

ミィフィは付いていこうと最後まで言ってくれていたけれど、ナルキが反対した。

「瀬戸際《せとぎわ》だよ。ここで約束を守らなければ、手を伸《の》ばすこともできなくなる。そういう気がする」

実際《じっさい》、教室で会ったレイフォンはいつもと変わらないままでいてくれたような気がしたけれど、無理してそうしているというのがひしひしと感じられて辛《つら》かった。

手を伸ばすことができなくなるのは嫌《いや》だ。

あの背《せ》を見ていたい。

「単刀直入に言います。昨日のあの言葉は、忘《わす》れてください」

天剣授受者。

ミィフィがあの言葉を言った瞬間《しゅんかん》、室温が一気に下がった気がした。ミィフィの質問《しつもん》は爆弾《ばくだん》だった。爆発して真っ二つに走った亀裂《きれつ》は、明確に第十七小隊とメイシェンたちに分かれていた。

フェリたちは知っている。天剣授受者がなんなのか、それがレイフォンとどういう関《かか》わりを持っているのかを。

メイシェンは知らない。

その差が、この瞬間にはっきりとわかってしまった。

「……どうして、ですか？」

「あなたたちには関係のないことですし、あの人に余計《よけい》な負担《ふたん》をかけたくないからです」

「……でも」

知りたい。

レイフォンに近づきたい。そう思ってしまう。

忘れることで近づくことができるのか、それは違《ちが》うと思う。よりいっそう距離《きょり》が離《はな》れてしまう。そんな気がする。

「興味本位《きょうみほんい》で他人の過去《かこ》を暴《あば》くのが楽しいですか？」

口を開こうとした瞬間に、フェリにそう言われてしまった。

「……違います」

「でも、あなたたちがしていることはそういうことです。知る必要のない他人の過去を暴いて、自分の気持ちだけを満足させる。それで一体、その先でどうするつもりなんですか？」

そんなことはわかっている。自分がどれだけ醜《みにく》いことを考えているかはわかっている。グレンダンにいるリーリンという存在《そんざい》を恐《おそ》れ、その差を埋《う》めるためだけに知りたいと思っている。それは醜いことだと思っている。

「……満足できると思ってるわけじゃないです」

でも、それでも、

「それでも、知りたいんです。知ればどうなるかなんてわかりません。……考えると、怖《こわ》いです。なんで、そんなに秘密《ひみつ》にしてるのか、それを考えるととても怖いです」

「……どうしてですか？」

知れば、気持ちが変わるかもしれない。メイシェンの中にあるレイフォンへの気持ちが変わるかもしれない。それが怖い。怖くて怖くてしかたがない。掌《てのひら》を返したように自分の気持ちが変わったとしたら、メイシェンは自分がもっと醜くなったような気がしてたまらなくなるに違いない。

いまのままでも、嫉妬《しっと》でたまらなくなる。自分の知らないことを第十七小隊の人たちは知っている。知っていて、レイフォンを仲間だと思っている。

レイフォンはグレンダンには帰らないと言っていた。

帰らないのではなく、帰れないのだとしたら？

天剣授受者《てんけんじゅじゅしゃ》という言葉に、帰れない理由があるのだとしたら。

それが理由で、あんなに強いレイフォンが武芸《ぶげい》を捨《す》てようとしたのだとしたら？

もしもそうだったとしたら、メイシェンはレイフォンのいまだ癒《い》えていない傷《きず》に触《ふ》れようとしたことになる。

「どうして、それでも知りたいんですか？」

フェリは、メイシェンからその言葉を吐《は》かせようとしている。

それでも、そんな理由があの言葉にあったのだとしても、第十七小隊の人たちはレイフォンを仲間として扱《あつか》っている。

「……わたしは」

守ろうとしている。

それがとても悔《くや》しいのだ。

レイフォンのいる輪の外側に弾《はじ》き出されてしまったようで、とても悔しかったのだ。

「わたしは……」

声が震《ふる》える。

「……わたしは、レイとんが好きなんです。……好きでいたいんです」

だから知りたい。だけど、知ればいままでの関係性《かんけいせい》すらも壊《こわ》れるかもしれないから怖い。

この気持ちは、自分の中だけで終われない。レイフォンが関わってくる。だけど、レイフォンにとっては一方的なことでしかない。

レイフォンの過去を知ることは、実はレイフォンのことを深く知りたいからじゃない。

それを知っても、それでもまだ自分がレイフォンを好きでいられるか、それを試《ため》したいのだ。

壊れることに怯《おび》えながら、それでも自分の気持ちが正真のものなのかどうかを知りたいのだ。

「試さなければ自分の気持ちに自信が持てないんですか？」

「……はい」

フェリの言葉には責《せ》める語調があった。だけれど、メイシェンは取り繕《つくろ》いをせずに頷《うなず》いた。

「……おっかなびっくりにつま先で地面を確《たし》かめながら歩くようなやり方ですね。一歩先のことしか考えてない。その先になにがあるのかまるで考えてない。賢《かしこ》いやり方ではありませんね」

「……う」

知ろうとすることでレイフォンがメイシェンをどう思うか……フェリはこのことが言いたいに違《ちが》いない。そして、その結果が今日のレイフォンだったのだとしたら……

「まぁ……」

怖くなって固まってしまったメイシェンに、フェリが言葉を続けた。

「それがあなたのやり方だというのなら、わたしにはあなたにこれ以上なにかを言うことはできないのですけど」

言うと、フェリはメイシェンに背《せ》を向けて歩き始めた。

「あの……」

「ご勝手に、わたしはもうなにも言いません。ただ……」

歩きながら、フェリが言う。

「それを知ろうが知るまいが、苦労することには変わりはないと思いますよ」

そう言った後でフェリがため息を吐《つ》いたのに、メイシェンは気付いた。

(ああ、やっぱり……)

フェリの姿《すがた》が公園の外に向かっていくのを眺《なが》めながら、メイシェンは呆然《ぼうぜん》と思った。

(やっぱり、レイとんを好きな人はいっぱいいるんだ)

そしてきっと、彼女《かのじょ》も……

「はう……」

緊張《きんちょう》しながら一人でがんばった疲《つか》れと、その事実を改めて知ったことでメイシェンはその場に座り込んでしまった。

前途《ぜんと》は多難《たなん》……そう思った。

# エピローグ

まったく、もう……

ツェルニの宿泊施設《しゅくはくしせつ》に戻《もど》る間中、リーリンの心にはずっとその言葉が繰《く》り返されていた。かなり長い間放浪《ほうろう》バスが来なかったのか、宿泊施設はがらんとしていて、泊《と》まっている人はいなさそうだった。

「なにが、『格安《かくやす》だから』よ。鈍感《どんかん》にもほどがあるわ。鈍感の世界大会にでも挑戦《ちょうせん》する気かしら？」

ぷりぷりと怒《おこ》りながらトランクケースをベッドの横に置き、そのままベッドに身を投げ出す。

一人だ。

久《ひさ》しぶりというわけでもないのに、いきなり静かな空間の中に放《ほう》り出されたかのような空隙《くうげき》がリーリンを襲《おそ》った。

いろいろあった一日だ。サヴァリスの手助けで戦闘《せんとう》中の二つの都市をまたぎ、レイフォンと再会《さいかい》した。

言葉にしたらそれだけのこと。だけどそれだけのことにとても長い時間が必要になった。汚染獣《おせんじゅう》に襲われる危険性《きけんせい》の強い放浪バスの旅。汚染獣のことをあんなに怖《こわ》く思ったのは、その旅が初めてだ。

自分たちが、どれだけ幸福な場所で暮らしていたのかということを痛《いた》いほど理解《りかい》してしまう。

天剣授受者《てんけんじゅじゅしゃ》という強力無比《むひ》な武芸者《ぶげいしゃ》に、それを率《ひき》いる女王の下《もと》で暮らすという幸福は、きっと他の都市には存在《そんざい》しない。それに比《くら》べたら、少しぐらい汚染獣に襲われる数が多いことなんてたいしたことじゃない。滅《ほろ》びる可能性がそれだけ多くなる？　天剣授受者のいない都市の人の言葉だ。

だけど、その戦場にはレイフォンがいたわけで、それを考えると複雑《ふくざつ》な気分になる。

でも、今日見たレイフォンのように怪我《けが》をした姿なんてほとんど見たことがなかったから、やっぱりグレンダンよりも他の都市の方が危険《きけん》なのかもしれない。

考えが二転三転する。他の都市が危険なのか、グレンダンが危険なのか……実のところどちらが正解でもどうでもいい疑問《ぎもん》をぐるぐると頭の中で回す。

それは一つのクッションだ。

一つの事実を受け入れるためのクッション。

「……………」

無言でベッドの上で体をねじらせると片手《かたて》でトランクケースを開け、そのまま手を突《つ》っ込む。

手探《てさぐ》りで目当ての物を引っ張《ぱ》り出す。布《ぬの》に包まれた木箱。養父に託《たく》された大切な物。

サイハーデンの継承者《けいしょうしゃ》に贈《おく》られる、鋼鉄錬金鋼《アイアンダイト》の刀。

養父の許《ゆる》しの印、謝罪《しゃざい》の印。

まだ、繋がっているのだという証《あかし》。

「渡《わた》せなかったな」

他のことが気になっていたのもあるが、忘《わす》れていたわけでもない。それなのにリーリンは素直《すなお》にそれをレイフォンに渡すことができなかった。

きっとこれを渡されたら、レイフォンは喜ぶと思う。

喜んで、そして……もしかしたら泣くかもしれない。

レイフォンが泣いたら、自分はどうするだろう？　一緒《いっしょ》に喜ぶ？　当然だ。でも、それだけじゃなく……

「……やだな」

目の奥《おく》が熱くなってきた。喉《のど》の奥から、なにかがせり上がってくる。

きっと一緒に泣くのだ。

でも、あの時は一緒に泣きたくなかった。よかったねと言ってあげられない気がしたのだ。

だって、それよりも先に、もっと他に、言いたいことがあって……

「レイフォンが元気で、よかった」

この部屋には誰《だれ》もいないのだ。誰にも聞かれない。レイフォンにも聞かれない。他の誰にも聞かれない。

だから、我慢《がまん》することなんてないのだ。

「よかったよ………」

涙《なみだ》の溢《あふ》れだす両目を腕《うで》で覆《おお》い、リーリンは素直にそう言えた。

レイフォンの前でこう言えたらよかったのに。

そう思いながら。

# なにごともないその日

その夜、ミンス・ユートノールは手近にあったものを壁《かべ》に投げつけた。

木製《もくせい》のテーブルだ。材質《ざいしつ》に意匠《いしょう》にと、凝《こ》らせるだけの贅《ぜい》と技術《ぎじゅつ》を凝らしたテーブルであったが、彼の力によって投げられたテーブルは壁紙《かべがみ》を引きちぎり、激《はげ》しい音とともに砕《くだ》け散った。

それで怒《いか》りが収まったわけではない。だが、一瞬《いっしゅん》の衝動《しょうどう》はとりあえず解消《かいしょう》された。そうでなければ彼は王宮へと押《お》しかけ、行われているだろう祝宴《しゅくえん》をぶち壊《こわ》しにかかっていただろう。

それだけでなく、そこにいるはずの眠《ねむ》たげな目をした、貧相《ひんそう》な子供《こども》をその手にかけていたかもしれない。

今夜の祝宴の主役は、その子供なのだ。

ミンスはまだ若《わか》い。青年と少年の狭間《はざま》にある年だ。

そんな自分よりも、若い。

だからこそ、腹立《はらだ》たしい。

今夜はグレンダンに十二人目の天剣授受者《てんけんじゅじゅしゃ》が生まれた記念すべき日となった。

その子供の名は、レイフォン・アルセイフ。天剣を得て、レイフォン・ヴォルフシュテイン・アルセイフとなった。

「なぜ、わたしではない」

癖《くせ》のない長い黒髪《くろかみ》を振《ふ》り乱《みだ》し、ミンスは唸《うな》った。

ユートノールはグレンダンにある三つの王家の内の一つだ。現在《げんざい》の女王であるアルシェイラの家はアルモニス。王を擁《よう》している代は戴冠《たいかん》家と呼《よ》ばれる。アルモニス戴冠家だ。

天剣授受者は十二人までと定まっている。天剣と呼ばれるグレンダン秘奥《ひおう》の白金錬金鋼《プラチナダイト》が十二個《こ》しかないためだ。だが、超絶《ちようぜつ》な技量《ぎりよう》を要求される天剣の所有者が十二人揃《そろ》うことは、極《きわ》めて稀《まれ》でもある。

アルシェイラの統治《とうち》が始まる前まで、天剣は五人だった。それがいまや十二人まで揃っている。

十二人目は自分であると、ミンスはそう信じていた。民《たみ》の期待も自分に集まっていた。

三王家の最後の一つ、ロンスマイア家のティグリスが天剣に名を連ねている。女王であるアルシェイラは王家史上最強の人物と目され、王家の中にある武芸者《ぶげいしや》の血は現在、もっとも隆盛《りゆうせい》を誇《ほこ》っていると言われている。自然、十二人目はユートノール家の若き当主、ミンスとなると目されていた。

だが、現実は違《ちが》った。

レイフォン・ヴォルフシュテイン・アルセイフ。サイハーデンという小さな武門に所属《しょぞく》する拾われ子が十二人目となったのだ。

しかも、ミンスはそのレイフォンと戦う機会すら与《あた》えられなかった。

「これは、謀略《ぼうりゃく》だ」

ミンスは唸った。

ただの妄言《もうげん》ではない。

ユートノール家とアルモニス戴冠家には確執《かくしつ》がある。正確には現ユートノール家と現アルモニス戴冠家との間に、だ。

三王家はグレンダンの初代王の血を守っており、その婚姻《こんいん》は武芸者を確実に輩出《はいしゅつ》するためにコントロールされている。結婚相手は当然武芸者が最低条件《じょうけん》として選ばれる。また、初代王の血を守るという名目上、三王家間での血縁《けつえん》が離《はな》れすぎてもならない。だが、血が純化《じゅんか》しすぎると遺伝子《いでんし》的な弊害《へいがい》を生む。

それらを勘案《かんあん》した結果、およそ三代毎《ごと》に三王家同士での婚姻が行われることとなった。

現女王であるアルシェイラは、アルモニス家とロンスマイア家の間に生まれた。

その夫はユートノール家から出るはずだった。

ミンスの兄だ。

いや、兄であった人物が、そうなるはずだった。

その兄は、いまはいない。

あろうことか一般人《いっぱんじん》の女性《じょせい》と駆《か》け落ちしてしまったのだ。

アルシェイラは表面上、苦笑《くしょう》を示《しめ》しただけだったが、次の結婚相手を決めることはなかった。

順序《じゅんじょ》でいけばミンスが選ばれるはずであるのに。巷《ちまた》ではアルシェイラが、ミンスの兄にいまだ想《おも》いを残しているからだと囁《ささや》かれている。

だが裏《うら》では、自分を捨《す》てた兄を恨《うら》み、ひいてはユートノール家を憎《にく》んでいるからだとも言われている。

そしてミンスはこちらの話を信じている。

不幸がこれだけでは終わらなかったからだ。両親の立て続けの不幸。父は汚染獣《おせんじゅう》との戦いで戦死し、母はその後を追うように病死した。

ユートノール家はミンスのみとなった。父の兄弟はいるが、グレンダンの三王家法では、彼らの継承《けいしょう》順は低い。もし、ミンスが死亡《しぼう》した場合、その後にユートノール家の名前を継《つ》ぐのは父の兄弟たちではなく、残り二王家の当主の子の中からとなる。アルシェイラに子がない以上、ロンスマイア家の息子《むすこ》たちの誰かが継ぐことになる。

アルシェイラは合法的にユートノール家を滅亡《めつぼう》させる気だ。ミンスはそう信じていた。

それをさせないためにも、ミンスは天剣授受者《てんけんじゅじゅしゃ》となる必要があった。単なる遺伝子の保《ほ》管者《かんしゃ》ではなく、その血の発現者として実力を示さなければならなかった。

また、王家の結婚相手は三王家でなければ次は天剣授受者から選ばれる。女王の婚約者という、ユートノール家本来の立場を取り戻《もど》すことも可能《かのう》であるはずだ。

だが、十二人目に選ばれたのは自分ではない。その実力を示す機会すらも、アルシェイラに阻《はば》まれた。

謀略だ。

ミンスはそう信じる。

「なら、わたしにだって考えはある」

アルシェイラはミンスをいずれ殺すつもりだ。だが、座《ざ》して死を待つつもりはない。

「……王が絶対不可侵《ふかしん》だと思わないことだ」

追い詰《つ》められた者に権威《けんい》などは通用しない。ただ、生き残るためにその牙《きば》を使うのだ。

整ったミンスの横顔に、その若《わか》さに似合《にあ》わない凄惨《せいさん》な影《かげ》が張《は》り付いた。

†

嬉《うれ》しさはほんの一日。

次の日は大忙《おおいそが》し。

「ほんとに、もうっ！」

サイハーデンの道場。孤児院《こじいん》から離《はな》れた場所にあるそこで、リーリンは腰《こし》に手を当てた。十歳《さい》。初等学校の中級生である彼女だが、そのしっかりとした性格《せいかく》で孤児院の台所を切り盛《も》りしている。動きやすさ重視《じゅうし》のズボンにシャツ、髪《かみ》も後ろでしっかりとくくりつけている。縛《しば》った髪の先が、最近現《あらわ》れ出した緩《ゆる》い癖《くせ》のためにくねっていた。

リーリンが立っているのは道場の前に急遽設《きゅうきょもう》けた受付所だ。

レイフォンの天剣授受式の翌日《よくじつ》、つまり今日、道場は大忙しだった。歴史こそあるが規《き》模《ぼ》の小さな道場、それがサイハーデン流刀技《とうぎ》道場だった。

道場に通う者も、その規模に正比例《せいひれい》して少ない。この規模の道場ならばグレンダンには数限《かぎ》りなく存在《そんざい》する。刀技だけに限定《げんてい》しても両の手がすぐに埋《う》まるほどだ。

もちろん、その中で長い間生き残る道場というのは少ない。道場主が汚染獣戦で死に、後継者不在で潰《つぶ》れることもあれば、交流試合で惨敗して衰亡《すいぼう》する道場もある。

サイハーデン流刀技道場はその中では規模に反比例した歴史を持っている。

だが、道場の規模がその流派《りゅうは》のグレンダンでの地位を表《あらわ》していると言っても過言《かごん》ではない。

つまり、歴史だけの道場という見方もできるし、その通りに思われている。

だが、昨日からその評価《ひょうか》は逆転《ぎゃくてん》した。

ここ二年ばかりの公式試合で優勝《ゆうしょう》をもぎ取り続けた一人の少年が、昨日行われた天剣授受者決定戦で勝利し、晴れて最後の一人となったからだ。

その少年の所属《しょぞく》する武門《ぶもん》がサイハーデン。

つまりこの、居住区《きょじゅうく》の端《はし》っこで細々と経営《けいえい》されていた道場ということになる。

早朝、道場が開くよりも早く人が列をなし、揃《そろ》って入門を希望してきた。リーリンはその対処《たいしょ》に追われ、昼を過《す》ぎてもそれが終わる様子を見せない。

「リーリン、今のうちにご飯を食べちゃいなさい」

「はぁい」

受付所の後ろでは、近所の人たちがコンロを持ち寄《よ》って炊《た》き出しをしてくれている。入門希望者の列はまだ途切《とぎ》れていない、彼らをただ並《なら》ばせて待たせておくわけにもいかない。整理券《けん》を配ったというのに並ぶことをやめないのだ。

その姿《すがた》にリーリンは呆《あき》れた。

「まったく、こっちの身にもなってよ」

温かいスープを飲んで人心地《ひとごこち》ついたリーリンはそうぼやいた。

この受付所や炊き出しをしているところに張ったテントや簡易《かんい》テーブルは、町内会の人が用意してくれたものだ。

見てくれの通りの道場だ。人手は多くない。台所も潤《うるお》っているわけではない。

リーリンのぼやきに、炊き出しを手伝ってくれた一人が笑った。同じ院で育ち、つい最近、結婚《けっこん》してこの近所で新婚生活を営《いとな》んでいる姉だ。

「それはしかたがないわよ。レイフォンがあんなことになっちゃえば、ね」

天剣授受者。グレンダンに生きる武芸者にとって、その名が示《しめ》すものはあまりにも大きい。

最強の称号《しょうごう》を手に入れたに等しいのだ。

そしてその最強を作りだした流派となれば、自分も後に続きたいと若い武芸者たちが入門を希望するのは当然だ。

有名どころを挙《あ》げるならば、天剣授受者が創始《そうし》したルッケンスの武門。三王家の亜流《ありゅう》であるリヴァネスの武門。そして現在《げんざい》、最も栄《さか》えていると言われているミッドノットの武門。

その三つ全《すべ》て、現役《げんえき》の天剣授受者を擁《よう》している。

天剣授受者が十二人いるにしては、栄えている武門の数が少ない。

幾人《いくにん》かの例外を挙げるとすれば、まず念威繰者《ねんいそうしゃ》。天剣授受者唯一《ゆいいつ》の念威繰者であるデルボネは、十二人の中で最も古い。その座《ざ》が空く日は近いと思われながらもう数十年経《た》っていると言われている。そして念威とは武芸者以上に才能《さいのう》に帰する部分が大きすぎるためと、その能力が求められる役割《やくわり》が単一的であるため流派は存在しない。もう一つは化錬剄《かれんけい》だ。トロイアットがその代表となる。化錬剄もまたその習得が困難《こんなん》なため、自ら化錬剄の習得を希望する物好きな武芸者は少ない。

その二人と前者三人、そしてレイフォンを除くと、残りの天剣授受者は六人。

一人、現天剣授受者内で最強との呼び声が高いリンテンスだが、彼はそもそもグレンダンの生まれではない。都市外から訪《おとず》れた武芸者を女王が天剣に推《お》し、幾《いく》つかの試合を経《へ》てなった。そのため、彼の技《わざ》はリンテンス自身が武門を創始しなければ誰《だれ》にも伝わらないのだが、彼にその気はない。

残りの五人は、そのほとんどが多くの流派をまたいできたか、あるいはリンテンスのように外部からの人間であるため、正式な武門に所属していない。またリンテンス同様、武門を創始していない。

そう考えると、レイフォンは生まれた時からサイハーデンの刀技《とうぎ》だけで育った純粋培《じゅんすいばい》養《よう》の天剣授受者ということになる。

サイハーデンの武門にはそれだけの可能性《かのうせい》がある。

誰もがそう思うのは、当然というものなのかもしれない。

「でもなぁ……」

リーリンは複雑《ふくざつ》な思いで、昼休憩《ひるきゅうけい》が終わるのを待つ入門希望者たちを眺《なが》めた。

誰も疑問《ぎもん》に思わないのだろうか？

レイフォンが昨日の試合で握《にぎ》っていた錬金鋼《ダイト》を、誰も見ていないのだろうか？

剣だったのだ。

サイハーデンは刀技なのに、その手に持っていたのは剣だった。

思い出すのは、決定戦の前日。

孤児院《こじいん》の院長であり、サイハーデンの武門の長《おさ》であるデルクとレイフォン以外、道場には誰もいなかった。リーリンは夕飯ができたと知らせるために、道場にやってきた。そして見たのだ。

二人の間には復元《ふくげん》された錬金鋼《ダイト》が置かれていた。それが剣だった。

「ごめんなさい」

なにも言わないデルクにレイフォンはそれだけを言って剣を握り、錬金鋼《ダイト》を基本状態《きほんじょうたい》に戻《もど》すと剣帯に差した。

リーリンには、その意味がすぐにわかった。

レイフォンはデルクに対してサイハーデンの刀技からの決別を表明したのだ。

そして、レイフォンは天剣授受者となった。

(なんで、レイフォンは……?)

聞くに聞けず、今に至《いた》る。

レイフォンのことを、リーリンはなんでも知っているつもりだった。同い年で、似《に》たような時期に院にやってきたらしい。つまりは赤ん坊《ぼう》の頃《ころ》から。

リーリンは捨《す》て子だ。

そして、レイフォンも。

物心ついた時にはすでに一緒《いっしょ》にいた。境遇《きょうぐう》が同じだということを意識《いしき》したことはない。院には他《ほか》にも血の通わない兄弟はいる。同じように捨て子だったり、両親が死亡《しぼう》し、引き取り手がないままここに来た子もいる。事情《じじょう》はいろいろだ。

武芸者《ぶげいしゃ》の捨て子が珍《めずら》しいと知ったのはつい最近だ。

それと関係があるのか……わからない。だけど、たぶん関係ないような気がする。

レイフォンはデルクを本当の父親のように思っていた。デルクもそう思っていたに違《ちが》いない。もちろん、院の子供《こども》たちは全員、この無口だけれど優《やさ》しい老いた武芸者を父親のように思っている。

だけれど、レイフォンは武芸者だ。院の子供たちは皆《みな》、別の姓《せい》を名乗っている。元の姓がわかっている者はそのまま。わからない者はデルクが考えて、与《あた》えている。同じ境遇で育った兄弟ではあるが、それぞれが別の人間であることを強調させられる。

それは少し寂《さび》しい。

だけど、しかたがなくもある。デルクの姓は、そのまま武門を示《しめ》している。規模《きぼ》が小さかろうと武門の名を背負《せお》うということは、たとえ本人が一般人であれ、その体に武芸者の遺伝子《いでんし》を色濃《こ》く宿していることを示しているのだ。

本来の親が誰なのかもわからないリーリンなどは名乗れるはずもない。

そういう意味で、レイフォンは名乗ってもいいのかもしれない。レイフォン・サイハーデン。悪くはないと思う。

このままなにごともなく時間が過《す》ぎれば、それはおそらく現実になっていたはずなのだ。レイフォンはデルクの正式な養子となり、サイハーデンの後継者《こうけいしゃ》になったはずだ。

だけど、レイフォンは剣を握った。

（なぜ？）

その答えがわからない。レイフォンがどうしてそんなことをしたのか、まるでわからない。

わからないことがレイフォンにあることが、リーリンにはすごく不思議《ふしぎ》だ。

「すいません」

「あ、はい」

いきなり話しかけられ、リーリンは振《ふ》り返った。

受付所の前に一人の少年がいた。リーリンよりも年上だ。線の細い、眼鏡《めがね》をかけた銀髪《ぎんぱつ》の少年は人当たりの良い笑《え》みを浮《う》かべていた。

「こちらがサイハーデンの道場でいいのですか？」

その立ち居《い》振る舞《ま》いは良家の子弟《してい》を思わせる。

「はい。そうです。すいません、入門希望の方でしたら整理券《けん》をお渡《わた》ししますから……」

「ああ、違うんです」

少年はリーリンの言葉を遮《さえぎ》ると、背後《はいご》の列を振り返り、そちらにも聞こえるように言った。どんなことになっているかを承知《しょうち》している様子だ。

「実は僕《ぼく》は外来者でして」

外来者。つまり放浪《ほうろう》バスで都市の外からやって来た者という意味だ。

「昨日の試合を偶然《ぐうぜん》、見せていただきました。とても感動したので彼に直接《ちょくせつ》会ってみたいと思ってしまい、足を運んだのです」

「はぁ……」

頷《うなず》きながら、リーリンは少しだけ警戒《けいかい》した。

「もちろん、僕は一般人ですので、彼から手ほどきを受けたいなんて思ってませんよ。ただ、会ってみたいだけでして」

今度も少し声を大きくして喋《しゃべ》る。列に並んでいた入門希望者たちはそれで少年に興味《きょうみ》を失ったようだ。

おそらく五歳《さい》は違うはずの年下を相手にしているのに、あくまでも礼儀《れいぎ》正しい姿《し》勢《せい》を崩《くず》そうとしない。よく大人びていると他人《ひと》に言われるリーリンだが、目の前の少年はもっと大人びていると思った。

「あの、ごめんなさい。今日は王宮の方にずっといるはずだから、帰ってこないと思います」

リーリンは頭を下げて謝《あやま》った。

祝宴《しゅくえん》の翌日《よくじつ》である今日から、レイフォンが天剣授受者《てんけんじゅじゅしゃ》にふさわしい出《い》で立ちとなるための準備《じゅんび》が始められている。天剣の調整に始まり、専用《せんよう》の都市外装備《そうび》のためのサイズ取りからデザイン決めまで様々だそうだ。

そのため、しばらくは王宮にこもりっぱなしになると聞いている。

汚染獣《おせんじゅう》はいつ襲《おそ》ってくるかわからない。しかも頻繁《ひんぱん》に襲われるのがグレンダンだ。新米の天剣授受者とはいえ、悠長《ゆうちょう》にさせてはくれない。

そこまで説明すると、その少年は納得《なっとく》した様子で頷いてくれた。

「残念ですね、滞在《たいざい》期間中には会えそうにないようだ」

「ごめんなさい」

「いえいえ、あなたのせいではありませんから。……それにしても、この都市は外来者に対してずいぶんと寛容《かんよう》ですね。わたしのいた都市なんて、宿泊施設《しゅくはくしせつ》から都市内部に入るにはかなり厳重《げんじゅう》なチェックを受けますし、立ち寄《よ》った他《ほか》の都市もそうでした。驚《おどろ》きですよ」

おそらく、この少年は独《ひと》り言のつもりか、あるいはその驚きを単純《たんじゅん》に誰かに話したかっただけだろう。

だから、リーリンがそれに答えてくれるとは思ってなかったはずだ。

「それは、ここに来る放浪バスが少ないからだと思いますよ」

リーリンが答えると、少年は驚いた顔をした。

「へぇ、でも、それだけですか？」

「ええと……少ないから外来者の人を大切にするんです。その人たちがなにかをもたらしてくれることに期待してるんですよ」

「それでは、わたしはなにも上げられない無粋《ぶすい》な客ということになりますね」

「あ、そんなつもりは……」

笑う少年に、リーリンは慌《あわ》てて言い繕《つくろ》おうとしたが、それを手で止められた。

「いや、冗談《じょうだん》です」

「え？」

「ありがとう。会えないことは残念ですが、面白《おもしろ》い出会いがありました」

それはリーリンのことを指しているに違《ちが》いない。

端整《たんせい》な顔立ちの少年に改めて笑いかけられ、リーリンは顔を真っ赤にする。だが、少年はその反応《はんのう》を楽しむでもなく、別れの挨拶《あいさつ》を残して立ち去ってしまった。

「……変な人」

その感想を残すと、リーリンは再《ふたた》び食事に集中することにした。まだまだ入門希望者が残っている。彼らの名前と住所を帳簿《ちょうぼ》に書かせるのが、いま、リーリンがしなくてはいけない仕事なのだ。

「断《ことわ》る」

面白くもない話の内容に、リンテンスは煙草《たばこ》を銜《くわ》えたまま答えた。

グレンダンの居住区域《きょじゅうくいき》でも低所得者たちが集まる地区に、リンテンスの住まいはある。

「そう伝えておけ」

その手にあった手紙が離《はな》れる。その便箋《びんせん》と封筒《ふうとう》は手の中にあった状態《じょうたい》のまま、物理法則《ほうそく》を無視《むし》して宙《ちゅう》を水平に流れると、ゴミ箱の上に辿《たど》り着いた途端《とたん》にバラバラになった。パズルの得意な者でも復元には相当な根気が必要となるほどに、偏執《へんしつ》的なほどにバラバラだ。

床《ゆか》がぎしりと鳴った。手紙を運んできた身なりの良い男が、その結果にたじろいだからだ。ただそれだけのことで床が鳴る。年季の入った安アパートの宿命的な老朽化《ろうきゅうか》の音だった。

リンテンスは使いの男に目を合わせない。ソファに寝転《ねころ》んだまま、紫煙《しえん》のくゆる汚れた部屋の空気を眺《なが》めていた。気力のない不機嫌《ふきげん》な瞳《ひとみ》、伸《の》ばし放題で手入れのされていない髪《かみ》、無精鬚《ぶしょうひげ》が顎《あご》を覆《おお》っている。

「行け」

紫煙とともに言葉を短く吐《は》く。使いの男は慌てた様子で、床をぎしぎしと鳴らしながら逃《に》げていった。

皺《しわ》だらけの白いワイシャツに灰《はい》が落ちていく。

が、その寸前《すんぜん》で灰は形を崩《くず》さないままに灰皿へと流れていった。

開け放したままとなったドアの向こう。階下へと繋《つな》がるらせん階段《かいだん》で人のぶつかり合う音がした。女の悲鳴、男の慌てる声、階段を転がり落ちる音、その下にいたアパートの住人たちのけたたましい笑い声。

「うるさい」

呟《つぶや》いたと同時にドアが勝手に閉《と》じようと動く。

それを止める手があった。

そして、驚きの声。

「うわっ、驚きのひどさ。一週間でどうやったらこんなに汚せるわけ？　びっくりだね」

閉じかけたドアを開け、無遠慮《ぶえんりょ》に中に入って来た女性《じょせい》は呆《あき》れた顔で部屋を見回した。

侍女《じじょ》風の格好《かっこう》をした女性が、掃除機《そうじき》を勇壮《ゆうそう》に構《かま》えてドアの前に立っている。

見かけから、まだ二十歳《はたち》にはなっていないはずだ。

だが、本当のところどうかはわからない。なにしろこの女性は、あまり余《あま》った勁《けい》による内力系《けい》活剄で自らの肉体を自由に操作《そうさ》するのだから。骨格《こっかく》まではさすがに操《あやつ》れないようで、身長が変わることはないが、成長そのものを止めることはできるようだ。少なくとも出会ってから数年間は、同じ身長と容姿《ようし》を維持《いじ》していた。

「なに？　埃《ほこり》の数まで増《ふ》えてないと納得《なっとく》できないの？　この大量数字マニアめ」

好き放題のことを言うと、その女性はリンテンスの横を通り過《す》ぎて窓《まど》を開けた。新鮮《しんせん》な風が吹《ふ》き抜《ぬ》ける。ただ、リンテンスの鋭敏《えいびん》な嗅覚《きゅうかく》は隣《となり》の建物との間にあるゴミ置き場の臭《にお》いまで嗅《か》ぎ分けてしまう。

「……六〇四八〇〇秒前にも言ったと思うが、ほっておけ、くそ陛下《へいか》」

ソファから動かないまま、リンテンスは窓を閉《し》めた。風の流れが止《や》む。

「文句《もんく》があるならもっといいとこに移《うつ》りなさいよ。あんたがその無愛想《ぶあいそう》を崩さないもんだから、派遣《はけん》した侍女が次々、泣いてやめさせてくれって頼《たの》んでくるのよ」

「だから、ほっておけ。この会話も三十八回目だ」

「天剣《てんけん》をこんなとこに住まわせとくと、アルモニス戴冠家《う》の器量が疑《うたが》われるのよね。せめてこぎれいにぐらいはしといてほしいものよ」

侍女風の女性……くそ陛下……アルシェイラ・アルモニスはまた窓を開けた。今度は閉《と》じない。窓に絡《から》んだ鋼糸《こうし》を全部引きはがしたからだ。

第三者の目からはなにも握《にぎ》っていないとしか見えない手をひらひらと振《ふ》り、その手に摑《つか》んだ鋼糸を払《はら》う。払われた鋼糸は音もなく主《あるじ》の下《もと》へと戻《もど》っていった。

「わたしがあげた服はどうしたのよ？　あんたの好みに合わせてあげたのに」

「ちんぴら映画《えいが》の見過ぎだ」

「あんたのその不機嫌な目で見られて、ちびらない悪党《あくとう》がいたら見てみたいもんだわ」

下品な言葉を吐き、下品にからからと笑う。笑いながら慣《な》れた様子で積み上げた雑誌《ざっし》を蹴《け》散《ち》らし、コンセントを探《さが》し出し接続《せつぞく》すると、スイッチを押《お》した。特有の吸引音《きゅういん》が部屋を満たす。

「命を狙《ねら》われてるぞ」

掃除機がやかましい中、リンテンスはぼそりと呟《つぶや》いた。

「知ってるよ」

気軽にアルシェイラが答える。

「馬鹿《ばか》は困《こま》るわね。自分の程度《ていど》をわきまえないから」

「天剣を抱《だ》きこもうとしている」

「そこが馬鹿の馬鹿たる所以《ゆえん》よね。もはや真骨頂《しんこっちょう》。情報《じょうほう》だだ漏《も》れじゃない」

「お前に不満を持つ天剣がいないわけじゃないだろう」

リンテンスを天剣とすることに、当時すでに天剣授受者《じゅじゅしゃ》であった者たちは渋《しぶ》い顔をしたものだ。

リンテンスのような、外の都市出身の天剣授受者がグレンダンの歴史で存在《そんざい》しなかったわけではない。

だが、それは多くて一人の王の代に一人ぐらいの割合《わりあい》だ。

アルシェイラのように、多数の外来者に天剣を授《さず》けた者はいままでいない。

それが、グレンダンの由緒《ゆいしょ》正しい武芸者《ぶげいしゃ》一族たちの不興《ふきょう》を買っているのは事実だ。

閉鎖《へいさ》された都市世界では、外の世界からの情報はかなりの重要度を持つ。技術《ぎじゅつ》であれ、遺伝子《いでんし》であれ、病気以外のものは諸手《もろて》を挙げて迎《むか》え入れる。だが、馴染《なじ》むのに時間がかかるのも、閉鎖社会での新参の運命だ。

リンテンスを始め、カウンティアにリヴァースのコンビ。外から来た武芸者をいきなり三人も天剣授受者としたことは、実力主義《しゅぎ》が武芸者の信条《しんじょう》とはいえ、反発を生んでもいる。

だが……

「だからなに？」

まるで動じた様子も考えた様子もなく、アルシェイラは平然と言い放つ。

「不満を持つ、大いに結構《けっこう》。気に入らない、大いに結構。文句《もんく》があるならかかってくればいい。王家なんて言ったって、それは当時、グレンダンで一番強かった武芸者の血筋《ちすじ》というだけのこと。自分の方が強いと思うなら、力尽《ちからず》くでどうにかすればいい。その全《すべ》てを叩《たた》いて潰《つぶ》すのがわたしの役目だわ。言うことを聞かない犬ころに懲罰《ちょうばつ》の鞭《むち》をくれてやるのは飼い主の仕事。それだけのことでしょう？」

掃除機《そうじき》を使いながら、そう宣言《せんげん》する。

侍女《じじょ》の姿《すがた》が似合《にあ》うはずがないのだ。リンテンスは唇《くちびる》を美しくゆがめる女王の横顔を眺《なが》め、そう思った。

生まれながらの王、生まれながらの強者。その女性《じょせい》が放つ燦然《さんぜん》とした気配が、侍女という誰《だれ》かに従《したが》うスタイルと反発しあっている。

「まぁ、馬鹿がどんな風に踊《おど》ってくれるかぐらいは楽しみにさせてもらおうかしら。最近、退屈《たいくつ》なのよね。新人君はいじって遊ぶにはまだまだ頑丈《がんじょう》さが足りなそうだし。リン、あなた鍛《きた》えてくれない？」

「まぁ、面白《おもしろ》そうではあるな」

昨日の決定戦はリンテンスも観戦した。開会式に並《なら》ぶ参加者を見ただけで帰りはしたが、彼にとってはそれだけで試合の結果を予想できる。

そして、外れなかった。

「おや？　意外。嫌《いや》だっていうと思ったのに」

「猿真似《さるまね》が得意そうだからな。それが芸なのかどうかを確《たし》かめるぐらいには、試《ため》してみても良い」

「ああ、そうね。そういうところはなかなか面白そうよね」

そう呟くと、アルシェイラは面白そうに笑った。

「いまだいないわよ。自分の得意武器と技《わざ》を封《ふう》じたままで天剣《てんけん》になった子は」

「誰でもできる」

「でもやらない。それが武芸者の性《さが》じゃない？」

素早《すばや》く切り返してきたアルシェイラはしてやったりという顔をしている。リンテンスは、黙《だま》って掃除機の音を切り捨《す》てるために目を閉《と》じた。

†

円卓《えんたく》に贅《ぜい》を凝《こ》らした料理が並んでいる。

主人たるミンスの正面には三人の人物が並んで座《すわ》っていた。

「やはり、リンテンスは抱きこめなかったか」

酒で肉料理を流し込《こ》み、ミンスは苦い表情を浮《う》かべた。

結果はわかっていたことだ。だが、できるならば敵《てき》に回したくはないとも思っている。彼の使う鋼糸《こうし》という武器は、ミンスにとっては不可解《ふかかい》であり、そして恐怖《きょうふ》に値《あたい》した。

「だから言ったでしょう。奴《やつ》らは外来者です。陛下《へいか》の手駒《てごま》ですよ」

言ったのは三人の内、中央に座った人物だ。

カルヴァーン・ゲオルディウス・ミッドノット。

五十代を迎《むか》えた老齢《ろうれい》の男だ。短く刈《か》り込まれた、元は黒かったであろう灰色《はいいろ》の髪《かみ》。その一部は完全に白くなったものが束になって生えていたりもする。苦労人なのか、顔のしわも深い。

「それよりも、このことで陛下にこちらの情報が漏れることの方を恐《おそ》れるべきです」

「その心配は必要ない。次の戦闘《せんとう》では新人とリンテンスが組んで出ることになる。君たちの方がそのことはわかっていると思うが？」

「それはそうですが。わたしが心配しているのは、陛下がなんらかの防衛手段《ぼうえいしゅだん》にでないかということです」

「それもまた無用の心配だ。あの女の性格《せいかく》はわたしの方が心得ている。こちらの意図を読んでいるのなら、全てを受けて立つ」

「そうでしょうね。あの方はそういう性格だと思います」

渋面《じゅうめん》を浮かべるカルヴァーンの左隣《ひだりどなり》で、青年が楽しげな笑《え》みを浮かべて頷《うなず》く。

「サヴァリス。貴様《きさま》は陛下を相手にして勝てるつもりなのか？」

「おや？　そのつもりだからここにいらっしゃるのではないのですか？」

カルヴァーンの言葉を、サヴァリスはすんなりと受け止めて、投げ返した。

「わたしは、今の状況《じょうきょう》がグレンダンにとって良いことにはならぬと申し上げたいのみだ」

「それならば、そのとおりに言えばよろしいでしょう？　陛下に気軽にお会いできるのも、天剣授受者《じゅじゅしゃ》の特権《とっけん》ですよ」

「もう、やった」

苦々しい顔で、カルヴァーンは若《わか》い天剣授受者を睨《にら》みつけた。

「だが、陛下はお聞きにならない。確かに天剣を誰に授《さず》けるかは、陛下の自由になることではない。だが、その試合を行うかどうかは陛下の裁量次第《さいりょうしだい》だ。天剣が揃《そろ》うのはめでたいことだ。だが、十になったばかりの子供《こども》に授けるなど……」

「僕《ぼく》は十三歳《さい》でなりましたけどね」

カルヴァーンの危機《きき》感をサヴァリスは理解《りかい》しない。

「そちらのカナリスさんも十五の時だ。若いというだけで天剣にふさわしくないというのは、説得力に欠けますよ」

最後の一人……カナリスは視線《しせん》をそちらに向けただけで、特になにかを言うことはなかった。特徴《とくちょう》にかける顔立ちの女性だ。顔の部品のあらゆるものが没個性《ぼっこせい》を目的に作られたかのようで、少し目を離しただけで、どこにいるのかわからなくなってしまいそうだ。

「……若い者が多すぎる」

カルヴァーンが苦く呟《つぶや》く。

その言葉の通り、現在《げんざい》の天剣授受者は若年層《じゃくねんそう》が多くを占《し》めている。アルシェイラが戴冠《たいかん》する前からいた武芸者《ぶげいしゃ》で、現在も現役《げんえき》なのは四人。デルボネを例外とすれば、残りの三人は三十代から二十代後半の時に天剣を授かっている。

それに比《くら》べて、アルシェイラ時代からの天剣授受者は最年長のリンテンスが二十代の後半で授かり、それ以外は二十歳《はたち》になりたてか、あるいは十代の時に授かっている。

そしてレイフォンの十歳だ。

「まるで陛下は、最年少記録を塗《ぬ》り替《か》えることに挑戦《ちょうせん》しているみたいですね」

先日までその記録の保持者《ほじしゃ》であったサヴァリスが笑う。

「順当にいけば次に引退《いんたい》するのはティグリス様かデルボネさんですね。十代を割《わ》るとなると、けっこう大変そうだ」

「遊びではないぞ！」

サヴァリスの言い様に、カルヴァーンが円卓《えんたく》を叩《たた》いた。皿が揺《ゆ》れる。テーブルクロスにソースがこぼれ、その染《し》みが広がるのをカナリスが不快《ふかい》そうに眺《なが》めていた。

「まぁ、落ち着きたまえ」

ミンスはやんわりとカルヴァーンをたしなめた。

「君たちにもそれぞれ言い分があるのはわかるが、とりあえずは目的を同じくする者たちだ。仲良くしたまえ」

ここに集まっているのは、それぞれがグレンダンの有力武門に所属《しよぞく》する武芸者だ。

中央のカルヴァーン・ゲオルディウス・ミッドノットは自ら武門を創始《そうし》した人物。左に座《すわ》る微笑《びしよう》を絶《た》やさない青年がサヴァリス・クォルラフィン・ルッケンス。初代グレンダン王に仕えた天剣《てんけん》授受者が創始したルッケンス武門の所属であり、血筋《ちすじ》もその末裔《まつえい》である。

そして右に座るのはカナリス・エアリフォン・リヴィン。三王家の亜流《ありゆう》……つまり三王家の当主となれなかった子弟《してい》たちが集まって作った武門、リヴァネスに所属している。この三人の中では血縁《けつえん》として、もしかしたらミンスと一番近い存在《そんざい》は彼女なのかもしれない。

「これ以上、天剣の権威《けんい》を貶《おとし》めるわけにはいかない。そのためにやるべきことは、ここに来てくれたのならわかるはずだ」

直接的《ちょくせつ》な言葉を、誰も口にはしなかった。

女王の暗殺、王位の交替《こうたい》。

新しく玉座《ぎょくざ》に就《つ》くのは、ミンスだ。順番としてはティグリスの方が年齢的《ねんれい》に上であるが、彼にはアルシェイラが即位《そくい》する時にも機会があった。にもかかわらず、アルシェイラに王位を譲《ゆず》っている。

ならば、今回もそうするだろう。

天剣授受者にはもうなれない。アルシェイラの婚約者《こんやくしゃ》という立場は手に入れることができるかもしれないが、もはやミンスにその気はない。

ならば、方法は一つしかないではないか。

「わたしが王となった時、君たちの武門にはそれなりの報酬《ほうしゅう》を約束する」

ミンスはそう宣言《せんげん》することを忘《わす》れない。

彼ら三者がここに来ている理由を、ミンスはきちんと把握《はあく》している。

自分たちが所属している武門《ぶもん》の権威が落ちることを恐《おそ》れているのだ。天剣授受者《てんけんじゅじゅしゃ》たちが十二人全員揃《そろ》う。しかも、自分たちの武門とは関係のない武芸者たちが。それは、他の武門で学んでも天剣授受者になれるということを意味している。

天剣授受者とは、グレンダンにいる武芸者たちが目指す最高位の到達点《とうたつてん》だ。強さを測るにおいてこれほど明確《めいかく》な指標はない。そのために若《わか》き武芸者たちは武門の開く道場に通い、技《わざ》を磨《みが》く。生き残るために戦うだけでは味気がない。華《はな》やかさという余禄《よろく》を楽しむ余裕《よゆう》も欲《ほ》しいのだ。

そしてそのために、純粋《じゅんすい》に実力主義《しゅぎ》で勝ち取ることのできる天剣授受者という地位は憧《あこが》れの的となる。

だがそれは、これから成り上がる者たちの考え方だ。すでにある域《いき》まで達している者たちにとっては、新たな台頭者《たいとうしゃ》は邪魔者《じゃまもの》でしかない。

天剣授受者が増《ふ》えることに危機《きき》感を覚えながらも、これまでの者たちはその若さゆえか自ら武門を創始することはなかったため、直接的な脅威《きょうい》とはならなかった。

だが、今度のレイフォンは違《ちが》う。

十歳《さい》という、あまりにも若すぎる天剣授受者。

それを生んだ、サイハーデンという武門。

都市の隅《すみ》に道場を構《かま》えた、石を投げれば当たりそうなほど無数にある、小さな武門の一つだったはずのサイハーデンが、大規模《だいきぼ》の武門として名乗りあげる危険性《きけんせい》を持ったのだ。なにかを背負《せお》った者は、それを維持《いじ》するための努力をしなければならない。この都市世界を生き残るためにある武芸者という存在。強さこそが最も重要であるとわかってはいるが、そのために自らが背負うものを放《ほう》り投げる勇気のある者は、そう多くはない。カルヴァーンもそうであるし、残りの二人を差し向けた武門の長《おさ》たちもそういう多数いる人間の一人でしかないということだ。

この日のための根回しは、ミンスが天剣授受者の決定戦に出場できないとわかった時から行っていた。

だからこそ、こんなにも早く三人の天剣授受者がミンスの前に座っている。

「それで、どのようにするつもりですか？」

サヴァリスが最初に口を開いた。

「わたしが最も危険視《きけんし》しているのはリンテンスだ。あれが王宮に近寄《ちかよ》れない時を狙《ねら》う」

「では、さきほどの言葉通りに？」

カルヴァーンの問いに、ミンスは頷《うなず》いた。

「次の戦闘《せんとう》、天剣が出動するほどの戦闘が契機《けいき》だ。その時に、特別な合図は送らない。戦闘が開始したと同時に作戦に移《うつ》れるよう、君たちにはお願いしたい」

通常《つうじょう》の汚染獣《おせんじゅう》であれば、天剣ではなく一般《いっぱん》の武芸者による部隊が出動することになる。その場合、レイフォンが出動することもあるだろうが、そのサポートにリンテンスが立つことはないだろう。

狙うのは老生体が襲《おそ》ってきた時だ。

その時ならば一般武芸者は出撃《しゅつげき》を命じられない。天剣のみによって迎撃《げいげき》が行われる。

そしてその時にレイフォンに順番が回ってくるならば、対老生体戦で初陣《ういじん》となるレイフォンのサポートにリンテンスは必ず立つ。また、早い段階《だんかい》でレイフォンに老生体戦を経験《けいけん》させる意味でも、次の老生体戦はほぼ確実にレイフォンが選ばれることになるだろう。

「そう、遠くない時期に君たちの出番は必ず来る」

ミンスはそう宣言した。

†

一ヶ月が過《す》ぎた。

退屈《たいくつ》な時間が過ぎていく。

一週間毎《ごと》にやってくるアルシェイラの、豪快《ごうかい》ではあるがたいした成果を残さない掃除《そうじ》は、汚《よご》れの侵攻《しんこう》を防《ふせ》ぐのには役立たない。あれは掃除機を使うという行為《こうい》だけで、掃除をしたと思い込《こ》んでいる。

迷惑《めいわく》なことだ。

昨日もそうやって、荒《あ》らすだけ荒らして満足げな顔をして帰っていくアルシェイラを見送った。

今日、リンテンスは王宮の庭にいた。広さだけはたっぷりとある空中庭園だ。落下防止《ぼうし》柵《さく》のようなものはない。立ち入ることができるのが、庭師《にわし》と武芸者だけだからだ。庭師は仕事の時にしかやってこないし、武芸者ならこの高さから落ちて死ぬようなヘマはしないだろう。むしろ、そんなヘマをする武芸者すらも立ち入ることが許《ゆる》されない場所にある。王宮の中でも戴冠《たいかん》家のプライベート空間に位置しているからだ。

そこに、リンテンスはいた。

そしてもう一人。

「……物覚えだけは人一倍だな」

目の前の汗《あせ》みずくで座《すわ》り込んだ子供《こども》に、そう声をかける。

「あ、ありがとうございます」

「だが、手から剄《けい》を通すことに慣《な》れすぎているな。全身で同じことができるようになれ。それができるようになるまで、実戦以外では剣を持つことも禁《きん》じる」

「はい」

不満を持つかと思ったが、意外にも素直《すなお》な返事はリンテンスを拍子抜《ひょうしぬ》けさせる。それが他人に怖《こわ》がられる顔に、より不機嫌《ふきげん》の度合いが増《ま》したように見えてしまうらしい。

だが、この子供はそれを恐《おそ》れない。

落ち着いて呼吸《こきゅう》を整えると、すぐに立ち上がる。新しい汗も流れていない。庭園を抜けていく風が、すでに体を乾《かわ》かし始めていた。

「今日はこれまでだ」

「ありがとうございます」

宣言《せんげん》して背を向けるリンテンスに、子供は頭を下げてくる。どこか眠《ねむ》たげなその少年の目は、なにも映《うつ》していないようでいて、その実、目の前にある全《すべ》てのものを無作為《むさくい》に呑《の》み込んでいるようにも見える。

この子供にとって体を動かす訓練というものは、自分が見たものを再現《さいげん》するための確認《かくにん》行為《こうい》でしかないのかもしれない。

自主練習に入った子供を残して、リンテンスは王宮へと入る。

そこに、一人の青年が立っていた。庭園でのことをそこで眺《なが》めていたようだ。

「あれって、新しい奴《やつ》だよな？」

「ああ」

女性《じょせい》を魅了《みりょう》するためならばどれだけでも柔《やわ》らかくなる目が、いまは無遠慮《ぶえんりょ》に庭園で動き回る子供を見ている。

子供は、レイフォンだ。

「なんでわざわざ鍛《きた》えてるわけ？」

「暇潰《ひまつぶ》しだ」

「すげぇ暇潰しだな、おい。おれはてっきり、どこぞの馬鹿坊《ばかぼっ》ちゃんに暗殺されそうになってるのを防《ふせ》ごうとしてるのかと思ったがね」

青年の名はトロイアット。天剣の一人だ。

「目的はもっと直接的《ちょくせつ》だ」

「知ってるよ。てか、知らない奴が天剣にいるとすれば、あのガキだけだろうぜ。あれで目的が達成できると思ってるんだから、箱入りってのは考えものだな。おれたちを毛嫌《けぎら》いしているルイメイのおっさんだって、呆《あき》れた顔をしてるぐらいだからな。

で、あんたはなんかするのかい？」

「なにも」

「マジで？　おれたち出番なし？」

「ああ」

「そいつは重畳《ちょうじょう》だ。女のベッドで寝《ね》てればいいなんて、こんなありがたいことはないね。

涙《なみだ》が出てくる」

わざとらしく手を広げて喜ぶ姿《すがた》は、建前抜きの本心のようだ。

だが、次の瞬間《しゅんかん》、トロイアットは表情《ひょうじょう》を沈《しず》ませた。

「悪人にすらなれないってのは悲しいなぁ」

その言葉の意味はわかる。

ミンスは失敗するのだ。

それも企《たくら》みが露見《ろけん》したからではない。露見しようとしまいと失敗する。それが天剣授受《てんけんじゅじゅ》者であるならばわかる。

ミンスは哀《あわ》れな道化《どうけ》になるしかない。

わかるはずなのだが。

「あいつらはなにを考えてんのかね？」

そのミンスに協力する天剣授受者が存在《そんざい》する。それも、三人も。

「カルヴァーンのおっさんは、あの苦労性《しょう》が災《わざわ》いしてんだろうな。余計《よけい》なしがらみなんて無視《むし》しちまえばいいのに。だけど、他《ほか》の二人はなんだ？　同じようにしがらみか？　いかんねぇ、若《わか》いくせにそんなもんに囚《とら》われるなんてよ。若いんだから、もっと情熱的に生きた方が得じゃねぇのか？」

そう言うトロイアットも、まだ二十代の後半に入ったばかりだ。

「情熱が女にしか向かないお前よりはマシだろう」

「なに？　旦那《だんな》も革命《かくめい》とかに情熱傾《かたむ》けられる口？」

「まさか、めんどうな」

「そうだよなぁ。前の都市をめんどくさいって理由だけで出てきた旦那がそんなこと言うわけないわな。まっ、旦那のめんどくさいはどこまでが口実でどこまでがポーズかわからないけどな」

「お前のそのよく回る口を縫《ぬ》い留《と》めれば、おれはここから去ることができるのか？　それから、近づくな。香水《こうすい》を使いすぎだ」

「旦那はおっさんなんだから、加齢臭《かれいしゅう》に気を付けな」

そんな軽口をたたき合い、二人は別れる。庭園ではレイフォンが自主練習を続けている。たった一月ばかりで鋼糸《こうし》の基本《きほん》的な使い方を習熟《しゅうじゅく》している。元の才能《さいのう》を足せば、実戦で使うこともすでに可能《かのう》だろう。

(まぁ、まだ使わせはせんが)

鋼糸の恐《おそ》ろしさを、レイフォンはまだわかっていない。自分の使う武器《ぶき》の痛《いた》みを自らで知るまではとりあえずでも万全《ばんぜん》とは言い難《がた》い。

トロイアットはすでにレイフォンへの興味《きょうみ》は失《う》せ、去ろうとしている。

リンテンスも歩き始めた。

そこへ、声が降《ふ》り注ぐ。

「汚染獣《おせんじゅう》が接近しています。老生体二体。戦闘域《せんとういき》への到達《とうたつ》は二日後ぐらいですわね」

まるで日向《ひなた》ぼっこをする老女のようなのどかな声が耳に届《とど》く。

廊下《ろうか》の天井《てんじょう》付近に念威《ねんい》端子《たんし》が浮《う》いていた。

声は、デルボネのものだ。

いまや病院で寝たきりの老女だが、その念威の能力はまったく衰《おとろ》える様子を見せない。

「そうですねぇ、お昼には到達するでしょうか？」

誰《だれ》かが質問《しつもん》を飛ばしたのだろう。端子の声はのんびりと答える。考える仕種《しぐさ》まで想像《そうぞう》できそうだ。

「ランチは早めに済《す》ませておくべきですね。だめですよ。ちゃんと食べないと大きくなれません」

質問したのはカウンティアか、それともバーメリンか。

「ええ、ええ、女性《じょせい》の魅力《みりょく》を男性の尺度《しゃくど》だけで考える必要はありません。それは当然ですわ。でも、魅力的な女性というのは男性の視線を逃《のが》さないものです。そのためにはやはり、男性の尺度を無視することもできないのではないでしょうか?」

「ま〜た、カウンティアがやり込められてるな」

背後《はいご》で、トロイアットが苦笑《くしょう》を漏《も》らしている。

「はいはい。戦闘区域は外縁部《がいえんぶ》北西十キルメル周辺となるでしょう。ランドローラーを使う必要もありませんもの。あなた方なら移動《いどう》時間も特に必要ありませんね。よろしいですか?」

それはアルシェイラへの確認《かくにん》だ。

「はい。わかりました。では、リンテンスさんを後詰《ごづめ》に、レイフォンさんが出撃《しゅつげき》ということで。リンテンスさん、ちゃんとフォローしてあげてくださいね。それに、レイフォンさん。子供《こども》とはいえ、あなたはもう立派《りっぱ》な天剣授受者《じゅじじゅしゃ》なのですから、しっかりとお働きなさい」

空中庭園の真ん中で、レイフォンが目の前の端子にしきりに頭を下げている。

「はい。とてもよい返事です。元気が良い子は好きですよ。もう少し大きくなったらひ孫《まご》でも紹介《しょうかい》しましょうかね」

「刀自《とじ》、妙齢《みょうれい》で魅力的な女性にも知り合いがいるのでしたら、ぜひおれにも紹介して欲《ほ》しいものですね」

「トロイアットさん、あなたが女性を一人にお絞《しぼ》りにできるのでしたら、とびきりの美人を紹介して差し上げますわ」

「それは厳《きび》しい注文だ」

「では、お諦《あきら》めなさい。あらあら、カルヴァーンさん、そんな渋《しぶ》い顔をしなくてもよろしいでしょう？　人生に余《よ》裕《ゆう》は必要ですよ」

「ではみなさん、よい戦場を」そう言い残してデルボネの声は聞こえなくなった。

端子がリンテンスの頭上から去っていく。

王宮の廊下を抜《ぬ》け、空中庭園からさらに上空へと。再《ふた》び都市外の監視《かんし》を始めたのだろう。

病院にいる本人は眠《ねむ》りっぱなしだというのに、声だけは元気なことだ。

よい戦場か……

歩きながら、リンテンスは思い返す。

生まれた都市を捨《す》てたのに理由があるとすれば、自分の実力に等しい環境《かんきょう》ではなかったということがあげられる。

どうということもない都市で、どうということもない平和な都市だった。命を賭《と》して守る必要などなく、何年かに一度、大物の汚染獣が現《あらわ》れることがある程度《ていど》のものだった。だがそれも単に雄性体《ゆうせいたい》の二期あたりが良いところだ。他《ほか》の都市であればそれだけで大事件《だいじけん》ではあるのだが、リンテンスにとってそれは相手にもならない敵《てき》でしかない。

決して、よい戦場ではなかった。

都市を出ることを決めたのは、自分の強さに危機《きき》感を覚えたからだ。

強さというのは精神《せいしん》が弛緩《しかん》したままでは維持《いじ》することすら難《むずか》しい。必死に磨《みが》き上げた鋼《こう》糸《し》の技《わざ》が、使う場所もなく錆《さ》びていく様を見るのは自分の人生に虚《むな》しさを与《あた》えるのに十分だった。

それを、二十歳《はたち》の時に感じたのだ。

だから出た。

それから五年間を放浪《ほうろう》のうちに過《す》ごした。

グレンダンに辿《たど》り着いたのは、狂《くる》った都市の噂《うわさ》を聞いたからだ。汚染獣と頻繁《ひんぱん》に遭遇《そうぐう》する、危険《きけん》地帯を放浪する都市があると。その都市は、まるで自ら汚染獣に挑《いど》みかかるかのように年中戦い続けていると。

だから、やってきた。

そこならば、自分の力を思う存分に振《ふ》るうことができるだろうと。

結果は期待以上だ。

なにより最初の出会いが、鼻っ柱を折られることだったのだから。

「強いね、お兄さん」

そう、いまのレイフォンぐらいの年齢《ねんれい》の女の子にリンテンスの放つ鋼糸は全《すべ》てかいくぐられ、それだけでなく摑《つか》まれて、切り裂くことも引き裂《さ》くこともできず、まさしく言葉どおりに鼻っ柱を折られたのだ。

「その強さをここで証明《しょうめい》したい？　したいならたくさん試合に出てここで認《みと》められなさいな」

大量の鼻血を出して倒《たお》れたリンテンスの腹《はら》に足を乗せ、女の子は超然《ちょうぜん》と、嗜虐《しぎゃく》の笑《え》みを浮《う》かべて言うのだ。

「そうすれば、いずれ見せてあげるわ。自分なんていなきゃよかったと思うぐらいの戦場を」

そんな戦場はまだない。

そこそこの満足を得る戦場は確《たし》かにある。少なくとも生まれ故郷《こきょう》で腐《くさ》っているよりは何億倍もましな戦場が。

それで満足していればいいのか？

冗談《じょうだん》ではない。

「見せてもらわなければ、納得《なっとく》はしないぞ」

目の前にいないアルシェイラにそう呟《つぶや》き、リンテンスは王宮を後にした。

†

緊急警報《きんきゆうけいほう》が、グレンダンに鳴り響《ひび》く。

「じゃあ、行ってくるね」

避難《ひなん》用のバッグを幼《おさな》い弟妹《きようだい》たちに背負《せお》わせていると、レイフォンが声をかけてきた。

幼い子供《こども》たちが走り回って、せわしい雰囲気《ふんいき》がある。だがそれはちょっとしたお出かけに興奮《こうふん》する子供たちの明るい雰囲気だ。

決して、命の危険にある悲愴《ひそう》な雰囲気ではない。

「あ、レイフォン。なんでそれ着てるのよ」

振り返ってレイフォンを見たリーリンは、顔をしかめて幼なじみの前に立った。

「ちゃんと新しい修練着《しゆうれんぎ》を置いといたでしょ。もう」

「いいよ。どうせすぐに着替《きが》えるんだから」

「だめよ。みっともない」

かといって、さすがに着替えさせるほど時間の余裕《よゆう》はない。リーリンは文句《もんく》を言いながら、少しでもしわが目立たないように襟《えり》や袖《そで》を引っ張《ぱ》った。レイフォンはそれを窮屈《きゆうくつ》そうな顔をしながらも黙《だま》って受け入れる。

「今度から、ちゃんとしてよ」

「はーい」

心のこもってない返事に、レイフォンの頬《ほお》を引っ張る。

「痛《いた》い痛い」

演技《えんぎ》としか思えない。

「ねぇ、レイフォン」

「なに？」

「……怪我《けが》、しないでよ」

「大丈夫《だいじょうぶ》だよ。これまでだってちゃんと帰って来たんだから、今日も帰ってくるよ」

レイフォンは天剣《てんけん》になる前から戦場にいる。グレンダンでは、公式試合で一定の成績《せいせき》を収《おさ》めた者しか戦場に出ることは許《ゆる》されないし、同時に武芸者補《ぶげいしゃほ》助金《じょきん》も受けられない。それ以前にある幼年《ようねん》武芸者補助金は十五歳《さい》までしか適用《てきよう》されない。レイフォンは二年前から公式試合に出場していた。

最初の試合で目標成績を手に入れ、それからは出られる戦場には全て出ている。戦場に出れば、武芸者補助金の他《ほか》にも報酬《ほうしゅう》が出る。レイフォンはそれを全て、院に入れていた。

「でも、今日は一人でしょ？」

リーリンは幼なじみの腰《こし》に巻《ま》かれた剣帯を見た。そこには意匠《いしょう》の凝《こ》らされた錬金鋼《ダイト》が収められている。

今日は、レイフォンの天剣授受者《じゅじゅしゃ》としての初陣《ういじん》なのだ。

「リンテンスさんがいるよ。あの人はとても強いんだ。だから大丈夫」

それでも不安は消えない。

「じゃあ、約束してよ」

「約束？」

レイフォンの提案《ていあん》に、リーリンは目を丸くした。

「絶対に怪我しないで帰ってくるよ。だから、一週間は緑色の野菜抜《ぬ》きの料理にして」

「三日」

「えー」

「だめよ、ちゃんと食べないと大きくなれないって、ルシャ姉さんに言われてたでしょ」

ルシャ姉さんとは、この間炊《た》き出しを手伝ってくれ、リーリンの前まで台所を担当《たんとう》していた女性《じょせい》だ。リーリンとレイフォンに料理を教えてくれた人でもある。

「ちぇ、わかったよ」

不承不承頷《ふしょうぶしょううなず》くと、レイフォンは「じゃっ」と手を上げて院を去る。幼い弟妹《きょうだい》たちがその背中に声をかける。レイフォンはさらに大きく手を振《ふ》って、外に飛び出していった。

緊急時にのみ許《ゆる》された高速移動《いどう》で、屋根を飛び越《こ》えていくレイフォンの姿《すがた》を見送りながら、リーリンは呟いた。

「嫌《きら》いなものなんてないくせに」

でも、約束してくれた。

いまは、それを信じるしかないのだ。

†

遅《おく》れてきたレイフォンが都市外装備《そうび》を着せられていく様を眺《なが》める。

若草色《わかくさ》に塗《ぬ》られた汚《お》染物質遮断《せんぶつしつしゃだん》スーツだ。傍《かたわ》らに置かれたヘルメットにはヴォルフシュテインの刻印《こくいん》がある。スーツ自体にもヴォルフシュテイン用の飾《かざ》りが施《ほどこ》されている。動きを束縛《そくばく》するものではないが、微弱《びじゃく》な風の抵抗《ていこう》は生むだろう。そして天剣授受者ならば、そういうレベルの問題でも重要と考える。

だが、天剣授受者はいわば象徴《しょうちょう》の存在《そんざい》でもある。時折ある汚染獣《じゅう》の大群《たいぐん》を相手にする時などは、その存在が他の武芸者の戦意向上の助けともなるのだから、あえて無視《むし》しなければならない。

「先生は着ないんですか？」

こちらがそう命じたわけでもないのに、レイフォンはリンテンスのことをそう呼《よ》ぶ。

「外に出るのはお前だけだ」

いつもの服装《ふくそう》のまま、技術《ぎじゅつ》部の連中を近寄《ちかよ》らせないリンテンスに疑問《ぎもん》を持ったのだろう。

「今回はお前の初陣だ。おれは保険《ほけん》でいるだけだ。お前が討《う》ち漏《も》らしたものをおれが切る。次からは別命ない限《かぎ》りお前一人でやることになるだろう。下手《へた》をするな」

「わかりました」

素直《すなお》に頷く子供《こども》の姿に恐《おそ》れはない。子供ならではの、世界を知らないが故《ゆえ》の無謀《むぼう》さとは違《ちが》う。その瞳《ひとみ》は、普段《ふだん》の眠《ねむ》たげなものとは違い、どこか乾燥《かんそう》していた。

良い顔だ。

感情《かんじょう》が抜け落ちた。戦いに集中し始めた顔だ。

幼《おさな》い子供がそんな顔を実現《じつげん》させる。それは悲しい現実ではないか……若い頃をぬるい都市で生きた自分には、そう考えさせる部分がある。

だが、それに対してそれ以上のことは感じない。悲劇《ひげき》であるとも思わない。

そうである必要があっただけであり、責《せ》める者があるならば、子供にそんな顔をさせる大人が悪いということになる。

そしてさらにいえば、このレイフォン以外でそんな顔をする子供がグレンダンに何人いるというのか？

つまりはレイフォンが特別であるということだ。

「鋼糸《こうし》はまだ使うな。わかっているな」

「はい」

都市外装備もヘルメットを被《かぶ》るだけになり、リンテンスは技術部の連中を下がらせた。ヘルメットを手に持ち、接合部《せつごうぶ》を弄《いじ》っていたレイフォンが近づいてきたリンテンスを見上げる。

「刀を持たんお前には窮屈《きゆうくつ》な戦いだろうが、お前が選んだことだ。好きに戦え」

レイフォンは一瞬驚《いつしゆんおどろ》いた顔をしたが、すぐにそれを消した。

「大丈夫《だいじようぶ》です、ちゃんと帰ってくるって約束しましたから。怒《おこ》らせると怖《こわ》いんです」

「そうか」

誰《だれ》とした約束か知らないが、そういう気持ちならば問題ないだろう。

「では、行ってこい」

ヘルメットを取り上げ、被らせる。隙間《すきま》がないよう接合部のチェックを済《す》ませると、その背《せ》を押《お》した。

下部ハッチが開き、レイフォンが飛び出す。

「さて、あちらの喜劇はちゃんと喜劇になるのか？」

外縁部《がいえんぶ》へと移動を始めたリンテンスの呟《つぶや》きは、王宮の空中庭園には届《とど》かない。

†

その、空中庭園。

緊急警報《きんきゅうけいほう》はすでに鳴りやみ、都市は静寂《せいじゃく》に沈《しず》んでいた。エアフィルターの向こうでは強風が吹き荒《あ》れている。慣《な》れた者であれば、その風具合で汚染獣の接近を知ることができる。だが、グレンダンでは風の収《おさ》まる日がほとんどない。だから逆《ぎゃく》に、グレンダンには外の風だけでそれを察知できる者はほとんどいない。

風の収まっている日に放浪《ほうろう》バスが訪《おとず》れる確率《かくりつ》が高いことだけは、ほとんどの者が知っているが。

アルシェイラの姿《すがた》が、空中庭園の隅《すみ》に置かれたベンチにあった。

ひじかけに手を当て、眠《ねむ》っている。緊急警報では目覚ましにならなかった。ここで居眠《いねむ》りをするために、わざわざ徹夜《てつや》までしたのだ。そう簡単《かんたん》に起きるつもりはない。

深い眠りは夢《ゆめ》さえも見させない。

エアフィルターは都市外の強風を内部には届けない。微風が頬《ほお》を撫《な》で、髪《かみ》を揺《ゆ》らす。暖かい日差しが全身を温める。

ひなたぼっこをしながら昼寝をするには絶好《ぜっこう》の条件《じょうけん》が揃《そろ》っていた。

「……なんてこと」

それなのに、アルシェイラの目は覚めてしまった。

「なんてことなの」

目覚めた後のぼんやりとしたものさえもない。寝不足であることを体は主張《しゅちょう》している。だというのに眠りから完全に覚めてしまったのだ。

「もう、ほんとに勘弁《かんべん》してほしいわね。天剣《てんけん》の中でも一番の殺剄《さっけい》の使い手でしょう？　もう少ししっかりしてよ、カナリス！」

その言葉で、王宮庭園の入り口に立っていた人物が震《ふる》えて立ち尽《つ》くした。

「それともこれはあなたのせいではないのかしら？　ああ、そうね、あなたには殺気なんてないものね。もうあと、十歩くらいは近づけたのかな？　だとしたらこれは誰？　誰のせいなのかな？　カルヴァーン？　サヴァリス？　それともミンス？　ちょっと全員ここに来なさい！」

アルシェイラは腰《こし》に手を当て、大喝《だいかつ》した。

入り口で立ち尽くしていたカナリスが慌《あわ》てた様子でその前に立った。続いてサヴァリスが、そしてカルヴァーンが。

最後にミンスが現《あらわ》れた。

「陛下《へいか》……」

「言い訳《わけ》なんて聞きたくない」

カルヴァーンの釈明《しゃくめい》の言葉を、アルシェイラは遮《さえぎ》る。

「なにこの無様っぷり？　暗殺しに来たんでしょ？　もっと気骨《きこつ》を見せなさいよ」

アルシェイラの言い様に、全員が身動きできない。

「異議《いぎ》申し立てを腕尽《うでず》くっていうのはうちらしくていい感じだけどね、それが成功のせの字にも届かないなんて悲しすぎだと思わない。とくにわたしが。すっごい楽しみにしてたのよ。徹夜までして眠さ満載《まんさい》でここにいるわけ。わかってる？　そこまでしたわたしの苦労を全部台無しにしてくれたのよ。この怒《いか》りはどこに持っていけばいいわけ？」

睡眠《すいみん》不足の不機嫌《ふきげん》を前面に出して、アルシェイラは四人を見据《みす》えた。

「ああもう、台無し。気分最悪、やってらんない！　ミンス！　あんた責任《せきにん》取って面白《おもしろ》いことしなさい。笑わせられなかったら罰《ばつ》ゲームだからね」

浴びせるような言葉の数々に、ミンスの体が震えた。

「……あなたが、あなたがわたしを試合に出さないからこんなことになったんだろう！」

アルシェイラの罵詈《ばり》に耐《た》えきれなくなり、ミンスは叫《さけ》んだ。

「なぜ、十歳《さい》の子供《こども》を試合に出してわたしを出さない！　アルモニス戴冠《たいかん》家の陰謀《いんぼう》としか思えない」

「はぁ、陰謀？　ちょっと調子に乗ってない？　あんた公式戦にも戦場にもほとんど出てないでしょうが？　成績《せいせき》足りない奴《やつ》が決定戦に出られるわけないでしょうが。三王家だから特別に出してもらえるとでも思ってたの？　ティグ爺《じい》だってちゃんと段階踏《だんかいふ》んでるけど？」

「ぐっ……」

「はい終了《しゅうりょう》。で？　他の連中はなにが不満でこんなことしてんの？　カルヴァーンから順番にいってみよう」

「最近の陛下の天剣授受者《じゅじゅしゃ》に対する審査《しんさ》基準《きじゅん》に……」

「それにふさわしい実力があって、法に定められた順序《じゅんじょ》にのっとって認《みと》められた連中に天剣を上げないとでも？　それこそ王家の専横《せんおう》。はい却下《きゃっか》。次」

カルヴァーンが力なく、うなだれる。次と言われたサヴァリスは微笑《びしょう》を絶《た》やさず言葉を紡《つむ》いだ。

「陛下と一戦交えたく」

「それだけ？」

「ええ。僕《ぼく》は他の方のようにこの世を難《むずか》しく考えてはいませんので。陛下とただ戦ってみたくてミンス様の申し出に乗ってみました」

「ええ、それはそれで面白くないなぁ。次は？」

「…………」

カナリスは俯《うつむ》いたまま答えない。だが、素早《すばや》く剣帯から錬金鋼《ダイト》を抜《ぬ》きだすと復元《ふくげん》する。柄《つか》部分に装飾《そうしょく》の入ったガードが付き、わずかに曲線を描《えが》く剣……細剣《レイピア》となった。

「おや？　カナリスもそうなの？　へぇ、ふうん」

無口なカナリスの強い視線《しせん》を受けて、アルシェイラはやや驚《おどろ》いた顔をしたが、それをすぐに笑《え》みに変える。

「いいわよ。じゃ、こうしましょう。あんたたち三人の言い分は、わたしに勝てたら聞いてあげるかもね」

「僕の言い分はどうなるんでしょうか？」

「戦えたらいいんでしょ？　ならいいじゃない」

「ま、そうですね」

サヴァリスも立ち上がると、その手足に錬金鋼《ダイト》を復元させる。

「カルヴァーンさんはどうするんですか？」

「……ここまで来て否《いな》やと言うわけがないだろう」

唸《うな》り、カルヴァーンも錬金鋼《ダイト》を復元する。幅広《はばひろ》の長剣《ちょうけん》だ。

「とりあえず、『かもね』は訂正《ていせい》していただきたい」

「おや、もしかして勝つ気？」

「負ける気で戦ったことは一度もない」

カルヴァーンの周囲で剄《けい》が膨《ふく》れ上がる。庭園の芝《しば》が震え、樹木《じゅもく》が揺《ゆ》れる。カルヴァーンの長身で肉厚《にくあつ》の体軀《たいく》が金色に輝《かがや》く。高密度《こうみつど》の剄が結集し、その戦い方に合わせて性質《せいしつ》を変化させているのだ。

金色の剄は、まるで粘体《ねんたい》のようなうねりを見せながらカルヴァーンの周囲を漂《ただよ》う。

「……陛下《へいか》、さきほど我々《われわれ》に、この程度《ていど》のことで倒《たお》すつもりだったのかとお聞きになりましたな？」

「うん」

「最初から、暗殺など二の次なのですよ」

その言葉の後は、言葉ではなかった。

カルヴァーンに纏《まと》わりついていた金色の剄が、突然《とつぜん》アルシェイラに向かって放たれる。

「正々堂々とやるつもりでした」

動く暇《ひま》を与《あた》えず、剄はアルシェイラを取り巻《ま》いた。

「……っ」

動かそうとした腕が硬《かた》い抵抗《ていこう》に阻《はば》まれる。

外力系衝剄《けいしょうけい》の変化、刃鎧《じんがい》。

カルヴァーン独自《どくじ》の技《わざ》だ。普段《ふだん》ならば半物質化した剄を自身の体に纏わりつかせ、鎧《よろい》とする。金剛剄《こんごう》ほどに強固な防御能力《ぼうぎょのうりょく》があるわけではない。が、粘体のように動く剄は近づくものに向けて瞬時《しゅんじ》に刃状《やいばじょう》の形で固体化する。

実力に相応《そうおう》した硬さを生み出す金剛剄とは防御の質が違《ちが》う。攻性《こうせい》防御とでもいうべき技だ。

「へぇ……」

それがいま、アルシェイラの体に取り付き、工業用ゴムのごとき硬さと粘《ねば》りを備《そな》えて動きを束縛《そくばく》していた。

だが、そう長く保《も》つはずもない。

そして、破《やぶ》られるのを待つつもりもない。

サヴァリスとカナリス、二人もまた動いていた。

刃鎧の束縛を力任《ちからまか》せに引きちぎったその瞬間に、間合い深くに潜《もぐ》り込《こ》む。

技はない。だが、二人とも拳《こぶし》と剣に自らの剄を存分《ぞんぶん》に集中させた一撃《いちげき》が放たれる。

一点ならぬ二点突破《とっぱ》。二方向から天剣クラスの剄力が襲《おそ》いかかる。

空中庭園が激《はげ》しく揺らいだ。轟音《ごうおん》と閃光《せんこう》が庭園を満たす。わずかに離《はな》れることに成功したミンスは、それでも衝撃が全身を襲い、吹《ふ》き飛び、空中庭園を繋《つな》ぐ外廊下《ろうか》の壁《かべ》に叩《たた》きつけられた。

（やった……）

廊下に落ちたミンスは激痛《げきつう》に身が悶《もだ》えそうになりながら確信《かくしん》した。

（これは、殺せたに違いない）

だが、ミンスはまだ気がつかない。

自らの認識《にんしき》の甘《あま》さを。

三王家の一人として、ユートノール家ただ一人の正統《せいとう》として、このグレンダンに存在《そんざい》する武芸者《ぶげいしゃ》の中で、信じられないほどぬるま湯の中にいたミンスには、理解《りかい》できるはずもない。

三人の天剣授受者《じゆじゆしや》たちも、自らの作戦の衝撃のために、爆心地《ばくしんち》から押《お》しのけられていた。庭園の芝生はめくれ上がり、敷《し》き詰《つ》められた土も失われて底の石材が露《あらわ》になっている。小規模《しようきぼ》ながらクレーターが生まれていた。

その中心にある土煙《つちけむり》が、緩《ゆる》い風に押し流されていく。

「ふむふむ。まぁ、合格《ごうかく》点はあげられるね」

そんな声が聞こえてくるのだ。

「周囲への被害《ひがい》を最小限《さいしようげん》に抑《おさ》えるために、刃鎧を二段展開《てんかい》させたわけだ？　苦労性《しよう》のカルヴァーンらしいよ。まぁでも、ここはちょっと気にいってるから、壊《こわ》れなくてよかったね」

アルシェイラが立っている。

その美しい顔に土汚《つちよご》れを欠片《かけら》も付けず、ただ平然と立っている。

「馬鹿《ばか》な」

ミンスの喉《のど》はひきつり、まともな声にならなかった。

アルシェイラが無傷《むきず》でクレーターの中央に立っている姿《すがた》が、ミンスには信じられない。

カルヴァーンが苦い表情を浮《う》かべ、サヴァリスが苦笑《くしよう》している。カナリスは無表情《むひようじよう》のままだが、その眉《まゆ》が傾《かたむ》いていた。

「でも、そのまま押し込められなかったところが減点《げんてん》かな？　まぁ、失敗だってわかったからやめたんだと善意《ぜんい》的に解釈《かいしゃく》してあげましょう」

「ありがとうございます」

素直《すなお》に頭を下げたのは、サヴァリスのみだ。

「やはり、急造《きゅうぞう》の連携《れんけい》ではどうにもなりませんよ、カルヴァーンさん」

「……そうだな」

カルヴァーンは刃鎧を再《さい》展開。再《ふたた》び自身を金色の剄《けい》で包む。

「ならば、戦場の流れに委《ゆだ》ねるのみだ」

「その方がよろしいかと」

「………………」

カルヴァーンの言葉に同意し、三人が無言で剄の圧力《あつりょく》を高めていく。それだけで、気流に変化が起きる。荒《あ》れ狂《くる》う剄が風を押しのけ、強風を生むのだ。

突如《とつじょ》として、空中庭園は竜巻《たつまき》の中にいるかのような激しさに見舞《みま》われた。

その中で……

「だーかーらー、ここをわたしは気に入ってるって言ったよね？　君らに全力なんか出されたら困《こま》るのよ。壊れるじゃん。だから……」

アルシェイラは指を一本立てた。

片目《かため》を閉《と》じ、愛嬌《あいきょう》を乗せた顔でこう囁《ささや》く。

「これで終わって☆」

次の瞬間《しゅんかん》に起きたことを、ミンスは永遠《えいえん》に理解することはできないだろう。

勝負が、それだけで着いてしまったのだ。

†

荒野《こうや》は、その名のとおりに荒《あら》い。

そのために作られた硬《かた》い靴底《くつぞこ》をもってしても、その鋭《するど》さは生身の足に響《ひび》く。レイフォンは着地に気を付けながら進み、目的地としていた外縁《がいえん》北西部から十キルメルの地点に辿《たど》り着いた。

すでに、標的は視界《しかい》の中に入っていた。

錬金鋼《ダイト》を抜《ぬ》き、復元《ふくげん》する。

天剣《てんけん》。

白金の剣が手の中に顕現《けんげん》する。

重さすらも使用者の望みどおりに設定《せってい》できるグレンダン秘奥《ひおう》の特殊《とくしゅ》な白金錬金鋼《プラチナダイト》。普通《ふつう》のものであれば、重さ、密度《みつど》、硬度《こうど》、粘度《ねんど》、形状《けいじょう》、伝導性《でんどうせい》のどこかで必ず妥協《だきょう》しなければならない部分があるのだが、天剣にはそれがない。

使用者が最も持ちやすい重さになり、望めばどこまでも硬くなり、折れにくく、そして自在の形を実現する。

だが、レイフォンが唯一《ゆいいつ》こだわったのは重さだけだ。それ以外では天剣専門《せんもん》の技師《ぎし》に全《すべ》てを委ねた。

「そんなことを言う天剣授受者はあなたが初めてだ。若《わか》さゆえに武器《ぶき》を舐《な》めているのかね？」

老技師の小言を黙《だま》って聞いていると、やがて彼は諦《あきら》めの顔をし、レイフォンの体に合った剣を用意してくれた。

（どうせ、剣なんだから）

腕《うで》に馴染《なじ》んでいたあの重ささえ実現してくれたら、後はどうでもいい。自分の中で残してもいいものはそれだけだ。後は、できる限《かぎ》り忘《わす》れてしまおう。

剣への意識《いしき》を向けるのをそれで止める。馴染んだ重さは、すぐに剣を体の一部へと変えた。剄を神経《しんけい》のように伸《の》ばし、剣へと注ぎこめば、それはより完全となる。

それどころか、ここ一ヶ月、リンテンスの下《もと》で鋼糸《こうし》の訓練をした成果がすでに出ている。

剄を筋肉《きんにく》のように扱《あつか》えという無茶《むちゃ》な注文は、剣に流しこんだ剄に活《い》かされている。多少無茶な姿勢《しせい》で斬《き》ったとしても、剣は望み通りの成果を生んでくれそうな気がした。

それはおそらく気のせいではない。

この技術《ぎじゅつ》を利用すれば剣だけを飛ばして宙《ちゅう》を自《じ》在《ざい》に駆け回らせることができるのではないか？　今度、試《ため》してみてもいいかもしれない。

実戦でいきなりそれをやってみるほどの勇気は、さすがにレイフォンにもない。

敵《てき》は迫《せま》っている。

レイフォンは腰《こし》の後ろに回しておいたサイドバッグから小さな塊《かたまり》を二つ取り出すと、宙に投じた。長い放物線を描《えが》く二つの物体に素早《すばや》く衝剄《しょうけい》を当てる。

四散して、黄色い粉が周囲に振《ふ》りまかれた。

獣肉《じゅうにく》の脂肪《しぼう》を固め乾《かわ》かしたものだ。別の加工をすれば石鹸《せっけん》にもなるが、これはそうではない。生物の臭《にお》いを周囲に振りまくものだ。

汚染獣《おせんじゅう》は生物の発する臭いに反応《はんのう》しているのではないか？　当然の疑問《ぎもん》から生まれた産物だ。効果《こうか》は、一応《いちおう》はある。幼生体《ようせいたい》などは群《む》れの行進を大きくねじ曲げてしまうほどだ。

だが、年経《へ》た汚染獣ほど効果が薄《うす》くなる。

老生体には効《き》かないかもしれない。技術部の人間にはそう言われた。なにしろ老生体の相手をするのは初めてだ。誰《だれ》も彼もが親切にレイフォンに教えてくれた。

懸念《けねん》通り、老生体は進路を変えることはなかった。だが、グレンダンまでの途上《とじょう》に小さな生き物がいることには気付いたようだ。臭いには惑《まど》わされなかったが、レイフォンの姿《すがた》には効果があった。

二体。デルボネの察知したとおりの数だ。

近づくにつれて、その奇妙《きみょう》な体躯《たいく》が露《あらわ》になる。虫のような幼生体は脱皮《だっぴ》を重ねる毎《ごと》に足を捨《す》て、空を飛ぶことに特化していく。そして老生体ともなれば、虫じみた容姿《ようし》すらも捨て、爬虫類《はちゅうるい》にも似《に》た姿となる。

一つ、疑問がある。

グレンダンの汚染獣研究者ならば誰でも考える疑問だ。

汚染物質の栄養素だけでは足りないために、汚染獣は都市を襲《おそ》う。老生体への変化後などは、特に飢餓《きが》が激《はげ》しい。

なのになぜ、グレンダンのテリトリーにはこれほど多くの老生体が存在《そんざい》するのか？　テリトリーが隣接《りんせつ》する都市が滅《ほろ》んだのならば、その話がグレンダンにまで流れてこないのはおかしい。だが、それほど多くの都市が滅んだという話は聞かない。

なら、汚染獣は汚染物質と共食いによって種族の繁栄《はんえい》が可能《かのう》なのではないのだろうか？

それなのになぜ人を襲うのか？

レイフォンにはわからない。

だが、デルクはこういうたとえをした。

「食べるだけなら、人は野菜だけでも生きていける。それなのになぜ肉を食べる？　それも多くの種類の動物を、自分たちが食べるためだけに繁殖《はんしょく》させる？　それだけではなく、たくさんの料理を開発し、たくさんのお菓子《かし》を開発している。なぜ？　そこに楽しみがあるからだ。その楽しみを汚染獣が知らないと言い切れるか？」

どうでもいいこと……とまでは言い切れないけれど、汚染獣の気持ちまでは理解《りかい》できるはずもない。

迫ってくるものは、デルボネが言うには老生体になってそれほど時が経《た》っていないそうだ。老生一期ということになるらしい。

「あらら……ちょっとミスをしましたね、これは」

ヘルメットの中で気の好《よ》い老女の声が響《ひび》いた。

「なにが、ですか？」

「二体かと思ったのですけど、どうやら一体のようです」

「……え？」

レイフォンの目に映《うつ》るのは確《たし》かに二体だ。グレンダンの下部を這《は》うパイプよりもはるかに太い胴体《どうたい》に、半透明《はんとうめい》の翅《はね》が生えている。異様《いよう》に長い顎《あぎと》から長い牙《きば》がこぼれ出している。目だけは虫のようで、深い緑色をしたガラス玉のような目が飛び出している。

それが二体、上下に重なって飛んでいるように見える。

「いえいえ。よく見てごらんなさい。尻尾《しっぽ》が繋《つな》がっているでしょう？　アキツ虫の交合のように。それでいて脳《のう》が二つあるの。それで勘違《かんちが》いしてしまったわね。ごめんなさいね」

「あ、いえ……」

二体よりは一体の方が楽……そう思った。

「戦場は油断《ゆだん》のならない場所ですよ」

レイフォンの思考を読《よ》んだかのように注意が飛んでくる。老女の言葉は厳《きび》しくないが、土に染《し》みる水のように反発できない。

もはや言葉を交《か》わしている時間はない。

「それでは、よい戦場を」

二日前にも聞いた言葉を最後に、デルボネの声が終わる。重なりあった老生体が二つの顎を開き、レイフォンめがけて急降下《きゅうこうか》してきた。

跳躍《ちょうやく》してかわす。

下の顎が硬《かた》い地面を砕《くだ》く。上の顎がレイフォンを追って急上昇《きゅうじょうしょう》をする。下の顎はそれに引きずられ、やがて上下を逆転《ぎゃくてん》させた。

絡《から》み合うようにレイフォンを追ってくる。

宙で体勢《たいせい》を変え、老生体を迎《むか》え撃《う》つ。

外力系衝剄《けいしょうけい》の変化、閃断《せんだん》。

剣身で研《と》ぎ澄《す》ませた衝剄を放つ。紙のように薄い衝撃《しょうげき》の波は、老生体の翅を一部裂《さ》き、二体を繋げる尻尾を断《た》った。

圧力《あつりょく》のある絶叫《ぜっきょう》が二つの顎から迸《ほとばし》った。音そのものに力がある。レイフォンの軽い体はそれだけで吹《ふ》き飛んだ。

脳が二つあると言われても、十歳《さい》の子供《こども》にはよくわからない。頭を一つ潰《つぶ》しても駄目《だめ》だということだろうか？　変化の多様な老生体だが、頭部の鱗《うろこ》は総《そう》じて硬いとは聞いている。なら、その二体を繋いでいる部分を切るとどうなるのだろう？　子供の好奇心《こうきしん》のような疑問《ぎもん》だが、その部分が一番動きが少なくて狙《ねら》いやすいという事実ももちろんある。

閃断は見事に尻尾を二つに分けた。切断面からどろりとした体液《たいえき》がこぼれ、撒《ま》き散らされる。

だが、生きている。

「なんだ、やっぱり二体だ」

死ぬ様子がないのに落胆《らくたん》しつつ、レイフォンは一度着地をした。怒《いか》りを露《あらわ》にした老生体が繋がっている時よりも複雑《ふくざつ》な動きを見せて、レイフォンの逃《に》げ場を塞《ふさ》ぐようにして迫《せま》る。避《よ》けず跳《と》ばず、レイフォンはその場で深く息をした。吐《は》きだした息の湿《しめ》り気が、ヘルメット越《ご》しの視界《しかい》を一瞬《いっしゅん》だけ白く染《そ》めた。

剄が満ちる。全身を熱気が覆《おお》うのは一瞬。

それら全てが剣《けん》に収束《しゅうそく》する。

外力系衝剄の変化、轟剣《ごうけん》。

剣身が長く伸《の》び、その幅《はば》が広がる。レイフォンの身長を超《こ》えた長大な剣となる。剄を練り上げた剣だ。剣を扱《あつか》う武門《ぶもん》ならどこでも覚えることのできる技《わざ》なのだが、普通《ふつう》の錬金鋼《ダイト》ではレイフォンの放つ密度《みつど》の濃《こ》い剄に耐《た》えきれず、自壊《じかい》する。普通の武芸者であれば自壊するまでにはならない。レイフォンだからこそ、天剣でなければ実現《じつげん》できない技となってしまっていた。

レイフォンは生まれつき、膨大《ぼうだい》な剄を持っていた。

そのために捨《す》てられたのか？　そう考えたこともある。だが、この力があるからこそ、いまこうして天剣となっている。

天剣となって孤児院《こじいん》を潤《うるお》すために頑張《がんば》ることができる。

人生とはそうしたものだと、レイフォンは幼《おさな》いながらに悟《さと》っていた。幸と不幸は入り交るものなのだ。一つの幸福は数多《あまた》の不幸を乗り越《こ》えるためにあり、数多の不幸は次なる幸福を生む土台となる。

そうであってほしいという願望も、もちろんある。この才能《さいのう》のために捨てられた。だけど、そのおかげでデルクやリーリンたちに出会えた。だけど孤児院にいたからこそ、その後の食糧危機《しょくりょうきき》での悲惨《ひさん》さを体験することになる。しかし武芸者であったからこそ、幼児《ようじ》武芸者補助《ほじょ》金が下りて、それが孤児院の悲惨さを和《やわ》らげてくれた。そして二度とあんなことにならないように、この才能を存分《ぞんぶん》に活《い》かして天剣になることを決めた。天剣の先には、きっと幸福がある。そう信じている。

そして、天剣になった。

大人の武芸者でも手に余《あま》りそうなほどの大きさとなった剣を振りまわす。狙《ねら》うは後ろに回り込《こ》んだ老生体。フェイントで前にいた老生体に跳びかかり、その額《ひたい》を蹴《け》って宙返《ちゅうがえ》りをする。

宙返りの最中、レイフォンの目の前で二つの顎がぶつかり合う。轟音。音の震《ふる》えが遮断《しゃだん》スーツの表面を揺《ゆ》らす。ヘルメットに飛び散った小石の跳《は》ねる音がした。

長大な剣を逆手《さかて》に持つ。着地する先は老生体の背中《せなか》。

突《つ》き刺《さ》す。

天剣を引き抜《ぬ》く。

剄の剣はそのままに。

再《ふた》び、跳ぶ。

取り残された轟剣が炸裂《さくれつ》する。無数の閃断に変化し、老生体の全身を切り刻《きざ》む。

（よし）

無秩序《むちつじょ》に飛び散る閃断の嵐《あらし》から高速で逃《のが》れながら、レイフォンは内心で拳《こぶし》を握《にぎ》りしめた。

前からこんなことができないかと考え、ずっと頭の中だけで練習してきたのだ。その成果はレイフォンに満足を与《あた》えた。

（もうちょっと爆発《ばくはつ》を一方向だけに集中させたりできないかな？　あとはこの段階《だんかい》まですぐにいけたら……）

そんなことを考えながら着地し、老生体の背を走る。

轟剣の爆発は思ったよりも効果《こうか》範囲《はんい》が狭《せま》い。それも今後の課題だが、いまは老生体を一体潰した。その成果があればいい……そう考えながら走っていた。

その背が、突如《とつじょ》として割《わ》れる。

「……え？」

轟剣のためではない。足下《あしもと》に伝わる感触《かんしょく》は、内側から裂ける様を伝えていた。

そこから、溢《あふ》れ出す。

声を上げる暇《ひま》もなくレイフォンは跳んだ。

老生体の鱗《うろこ》を割り、肉を割り、そこから無数の幼生体が現《あらわ》れたのだ。

油断、と呼《よ》ぶべきなのか、事前に老生体のレクチャーを受けた時、彼らは汚染獣《おせんじゅう》の中で繁殖《はんしょく》を捨てた者たちだと聞いていた。それ以前にも、繁殖するためには脱皮《だっぴ》して雌性体《しせいたい》にならなければならないことは知っていた。

もう一つ、老生体について聞いたこと。

彼らは奇怪《きかい》な変化を遂《と》げる。

二体でいたこと。

番《つがい》だったのだ。この二体は。老生体でありながら繁殖を捨てなかったのか。あるいは通《つう》常《じょう》のもの以外での繁殖法を選んだために老生体となったのか。

とにかく、レイフォンは老生体の体から噴水《ふんすい》のように湧《わ》き上がる幼生体から逃《に》げるために跳躍《ちょうやく》した。

だが、ほんのわずかに遅《おそ》かった。

靴《くつ》に幼生体の爪《つめ》が引っかかった。跳躍の力でそれは脱した。不幸中の幸いは引っかかったのが靴底であったことだ。わずかに削《けず》れただけで、汚染物質《ぶっしつ》が侵入《しんにゅう》するような穴《あな》はできなかった。

だが、跳躍の勢《いきお》いが殺《そ》がれ、そしてバランスを崩《くず》したのは否《いな》めない。

そしてその隙《すき》を、背後《はいご》に迫《せま》る相方を失った老生体が見逃《みのが》すことはなかった。

巨大《きょだい》な顎《あぎと》が、レイフォンを飲み込まんと開かれていた。

†

「あらあら、レイフォンさんが飲まれてしまいました」

「ああ、そういう状態《じょうたい》か」

デルボネの言葉に、外縁部《がいえんぶ》に一人立つリンテンスは納得《なっとく》した。鋼糸《こうし》から伝わる感覚でおよその状況《じょうきょう》はわかるが、やはり念威《ねんい》ほどの精度《せいど》は望めない。

老生体は空へと昇《のぼ》っていった。リンテンスはとりあえず、溢《あふ》れ出してきた幼生体を片付《かたづ》ける。

「どうします？」

「生きているだろう？」

「生命反応《はんのう》はしっかりしてますわね」

「スーツの耐性《たいせい》能力は汚染獣の胃液《いえき》に数時間は有効《ゆうこう》のはずだ」

「ええ、そう聞いています」

「なら、自分でどうにかするだろう」

「あら、手厳《てきび》しい。お弟子《でし》なのでしょう？」

デルボネの声はリンテンスの反応を楽しんでいるようだった。

「弟子にしたつもりはない。教えただけだ。それに、この程度《ていど》で苦戦するようであればこの先はない」

「そうなのですけどね。なにしろ、子供《こども》ですもの。わたしにとってはひ孫《まご》のような年の子ですから。戦死するには若《わか》すぎますね」

「都市が滅《ほろ》べばより理不尽《りふじん》な年の者が死ぬ。武芸者《ぶげいしゃ》というのは、そういう者を守る存在《そんざい》だろう？　自身の死など、最初から勘定《かんじょう》に入っていない。弱い武芸者に価値《かち》はない」

それは戦場の冷たい倫理《りんり》。だが、レイフォンは幼《おさな》いながらもその倫理の中に自ら飛び込んできた。

ならば遠慮《えんりょ》や呵責《かしゃく》の必要もなく、その倫理の洗礼《せんれい》を浴びせねばなるまい。

「子供など持ったことがないが、甘《あま》やかしてよい時と悪い時があると思うが？」

「孫は甘やかすものですよ。教育は親がすればいいんです」

自分は関係ないとはっきりと宣言《せんげん》し、しかも教育をリンテンスに押《お》し付けるつもりのようだ。

「勝手だな」

「ええ。なぜなら、もうその苦労は存分にしましたもの。まだしてない人が苦労すべきですよ。……あら」

会話の途中《とちゅう》で、デルボネが別の場所に意識《いしき》を傾《かたむ》けたようだ。

短い沈黙《ちんもく》の後、改めてリンテンスに話しかけてくる。

「陛下《へいか》からの伝言です。レイフォンさんを王宮庭園に連れてきてほしいと」

「戦闘中《せんとうちゅう》だと伝えろ」

「陛下はわかっていらっしゃいますよ」

「埒《らち》もない。ガキの我儘《わがまま》に付き合う理由がどこにある？」

「ほら、あの方は親を早くに亡《な》くしていらっしゃいますから、陛下が親代わりをしなくてはいけないのですよ」

「まったく……」

リンテンスは身動き一つせず、鋼糸《こうし》のみが主《あるじ》の意思に従《したが》って無音の活動を開始する。

こちらへと移動《いどう》を開始した老生体に鋼糸が十分に絡《から》んだのを確認《かくにん》すると、リンテンスはやはり指先一つ動かすことなく、都市の周辺十数キルメルの範囲《はんい》に屹立《きつりつ》する無数の岩山を利用して老生体を引いた。

「エアフィルターの濃度《のうど》を上げるように陛下に伝えさせろ。このままだと汚染物質《おせんぶっしつ》が流入するぞ」

「言わなくてもやってくれると思いますよ」

超重量《ちょうじゅうりょう》が生む抵抗《ていこう》を岩山に分散させ、リンテンスは大規模《だいきぼ》の釣《つ》りに没頭《ぼっとう》した。

†

やや、時間を戻《もど》す。

アルシェイラは、目の前の光景をどう処理《しょり》すべきか考えていた。

「どうか、ご寛恕《かんじょ》を」

カルヴァーンがアルシェイラの前で跪《ひざまず》いている。衣服はぼろぼろで、体のあちこちから血がにじみ出ていた。サヴァリスやカナリスは……起き上がってはいるがそこから動くことができないようだ。

動けるのがカルヴァーンのみというのは、年の甲《こう》というものだろうか？

（まぁ、それぐらいの差はあってもらわないとね）

内心でそう思う。すでに肉体的な絶頂期《ぜっちょうき》は過ぎ、下降線《かこうせん》を見せている頃《ころ》だろうが、だからといって若い二人よりも劣《おと》っていてもらっては困《こま》る。

いまはそれよりも、カルヴァーンのこの態度《たいど》だ。

「……もしかしてあんた、最初からそのつもりで？」

アルシェイラが跪き頭を下げるカルヴァーンを見て眉《まゆ》をひそめた。

「この度《たび》の一件《けん》は、まさに不義不忠《ふぎふちゅう》、度《ど》し難《がた》き行為《こうい》でございますが、殿下《でんか》のご境遇《きょうぐう》を顧《かえり》みるに、その血を守るために世に出ることのならぬ身、そこから生まれたものでございますゆえ」

「つまり、三王家のシステムが悪いって言いたいわけね？」

わざわざ、火消し役のためにカルヴァーンはミンスの側《がわ》に付いていたのだ。もちろん、最近のアルシェイラの天剣授受者《てんけんじゅじゅしゃ》を増《ふ》やそうとするやり方にも不満を持ってはいただろうし、実際《じっさい》にそのことでアルシェイラに直訴《じきそ》もしてきた。

そのためにミンスから思わぬ提案《ていあん》をされたのだろう。

そして、カルヴァーンは否応《いやおう》なく、その性格《せいかく》が災《わざわ》いしてこんな貧乏《びんぼう》くじをひくことになったのだ。

「苦労性《しょう》ってのは、あんたの性格が原因《げんいん》なんだから直しなさいよ」

「……いまさら。ここまでこの性格で生きてきて、直すつもりはありませぬ」

カルヴァーンが顔を上げる。額《ひたい》が割《わ》れて、そこから血が溢《あふ》れている。顔の半面が赤く染《そ》まり、そこに必死な目が加わるのだからアルシェイラとしてはやってられないという気分になる。

「……サイハーデンの武門はこれから拡大《かくだい》することになる。援助金《えんじょきん》を出すつもりだったけど、それの全額《ぜんがく》、あんたら三武門で負担《ふたん》しなさい」

「陛下っ！」

「こんなくだらないことで、わたしの剣を折るつもりはないのよ」

カルヴァーンの願いへの答えを明確《めいかく》にしないまま、アルシェイラは残りの二人、サヴァリスとカナリスを見た。

「で？　そっちはどうなの？　満足した？」

「いや、さすがにお強い」

左腕《ひだりうで》が折れたのか、そちらを押さえたままサヴァリスが笑っている。額には脂汗《あぶらあせ》が浮《う》いているところを見ると、無理に笑顔《えがお》を作っているようだ。

「いますこしいい勝負ができると思ったのですが」

「考えが甘《あま》いのよ。で、カナリスはどうなの？」

カナリスはその場に膝《ひざ》をついたまま動かない。だが、その肩《かた》が震《ふる》えているのにはその場にいる全員が気付いている。

「泣いてるの？」

震えるカナリスはゆっくりと顔を上げた。土まみれになった顔で、震える唇《くちびる》で言葉を紡《つむ》ぐ。

「……陛下は、わたしが本当に要《い》らないのですね」

「はぁ？」

思わぬ言葉にアルシェイラも不意を打たれた。顔を上げたカナリスはその細い目から頬《ほお》に線を引くほどの涙《なみだ》を流していた。

「だって……わたしは陛下の影《かげ》となるために育てられてきたのに。陛下はわたしを要らないって」

「ああ……」

納得《なっとく》して、頭を抱《かか》えた。

カナリスは三王家の亜流《ありゅう》から発生したリヴァネス武門《ぶもん》の出だ。この武門は三王家の当主となれなかった子弟《してい》たちの互助組織《ごじょそしき》という側面も持つ。それと同時に、この武門の出は王宮警護《けいご》の任《にん》を負うことも多い。

それは王自身の警護ももちろん含《ふく》まれる。公式式典での護衛《ごえい》などもあれば、さきほどカナリスが言ったような影武者《かげむしゃ》という部類にまで、それは及《およ》ぶ。

カナリスはその実力を早い段階《だんかい》に見抜《みぬ》かれ、リヴァネス武門によってアルシェイラの影武者となるように教育されてきた。カナリスもそれに応《こた》え、十五歳《さい》で天剣授受者となったのだ。

だが、アルシェイラはカナリスがその役目を担《にな》うことを拒否《きょひ》した。

「だって、あなた。わたしに似てないじゃない」

「そんなの、整形でどうにでもなります！」

カナリスは涙を撒《ま》き散らしながら訴《うった》えてきた。

「……え？　わたしの美貌《びぼう》って整形でどうにかなるの？」

アルシェイラの驚愕《きょうがく》する様《さま》に全員が唖然《あぜん》とした表情《ひょうじょう》を浮かべる。

次いで、カナリスが甲高《かんだか》い声を上げて泣いた。

「あーん、死んでやる！」

その言葉は嘘《うそ》でなく、カナリスは本気で細剣《レイピア》を逆手《さかて》に持って喉《のど》を突《つ》こうとする。アルシェイラは即座《そくざ》にその手から細剣《レイピア》を取り上げた。

「ええい、やめなさい！」

細剣《レイピア》を取り上げても空いた手で喉を突こうとする。その手を掴《つか》んで暴《あば》れるカナリスを押さえつけていると、廊下《ろうか》の方から笑い声が響《ひび》いてきた。

「活気があってよろしいですな」

「ティグ爺《じい》……ここって笑うところ？」

だだっ子のように暴《あば》れる天剣授受者《てんけんじゆじゆしや》を手加減《てかげん》して押さえつけるのはさすがに手間だ。この時になって初めて汗が流れるのを感じるアルシェイラとしては、新たな客にその様を笑われるのは面白《おもしろ》くない。

ティグリス・ノイエラン・ロンスマイア。天剣授受者にして三王家の最後の一家、ロンスマイア家の当主だ。

「笑う以外になにかありますかな？」

「カルヴァーンね」

この場に、このタイミングでティグリスが現《あらわ》れたのはどういうことか、アルシェイラは正確に読み取った。

火消し役が消火剤《しょうかざい》として選んだのが、天剣授受者の中ではデルボネに次ぐ長老であり、アルシェイラの祖父《そふ》にもあたるティグリスということだ。

頭の半ばがきれいに禿《は》げあがり、残りの頭髪《とうはつ》も色が抜け落ちている。だが、その顔にも体にも十分以上の精気《せいき》が漲《みなぎ》っている。

「王というのは絶対的《ぜったい》な権力者《けんりょくしゃ》ですが、時には下々の者にご自分の考えを示《しめ》していただかなくては、下々の者が付いていけなくなってしまいますな」

「だって、影武者なんていらないでしょ？　王宮警護にしたって、ぶっちゃけ閑職《かんしょく》じゃん。わたし暗殺して誰《だれ》が得するの？　爺とミンス以外で」

事実、天剣授受者に比《くら》べれば、王宮警護役は閑職といっても差し支《つか》えがない。普段《ふだん》から華美《かび》な制服《せいふく》を着、王宮と都市を巡回《じゅんかい》する王宮警護役は、王家を継《つ》げなかった子弟たちがその家柄《いえがら》ゆえの誇《ほこ》りを、なるべく傷《きず》つけないように庶民《しょみん》に順応《じゅんのう》させるための緩衝剤《かんしょうざい》としてその職があるといっても過言《かごん》ではない。

同時に、王を暗殺から守る影武者《かげむしゃ》というのも、必要はない。これはアルシェイラが強すぎるからではなく、王を暗殺する必要がほとんどないからだ。

他都市との交流が限定的《げんてい》であり、実質《じっしつ》、他の都市を支配するという行為《こうい》が不可能《ふかのう》である以上、その都市の主《あるじ》を暗殺したところでうま味などほとんどない。また、これが政治的《せいじ》な暗殺であった場合、それを画策《かくさく》する最有力候補《こうほ》は同じ三王家だ。三王家の子弟から構成《こうせい》された警護役たちの中から影武者を選んだとしたら、逆《ぎゃく》に影武者自身が刺客《しかく》に変貌《へんぼう》する可能性を有しているということになる。

　本末転倒《てんとう》も甚《はなは》だしい。

　これもまた警護役と同じように閑職、あるいは建前のためのお飾《かざ》りの役目ということになる。

「そんなもんにわざわざ天剣使うことないでしょう？」

「世の中にはそのために育てられ、そうなることが当たり前であると信じている者がいるのですよ。その者をその枠《わく》に収《おさ》めないというのであれば、その者のためにしてやらねばならぬことがあるということを、ご承知《しょうち》願いたいですな」

「むう……」

「それを面倒《めんどう》と思うなら、お認《みと》めになるがよろしい」

　いつのまにかカナリスが泣きやみ、じっとアルシェイラを見つめている。

　他の者も彼女が次に何を言うのかを待っていた。

「とりあえず、テストね。わたしの影武者になるなら、馬鹿《ばか》はお断《ことわ》り」

「はいっ！」

　カナリスが笑顔《えがお》で頷《うなず》いた。アルシェイラにはまったく理解《りかい》のできない笑顔だった。

「さて……」

嬉《うれ》しそうなカナリスに背《せ》を向け、アルシェイラは残る一人に向き直った。

とにかく、天剣三人の問題は片付《かたづ》いた。

次は……

ミンスを見る。ことの成行きを呆然《ぼうぜん》と見守っていたこの少年は、視線《しせん》が合うと一気に顔色を青くさせた。

「ティグ爺。なにかある？」

その言葉で、ミンスが助けを求める目でティグリスを見る。だが、老人は自慢《じまん》の顎鬚《あごひげ》を撫《な》で、その視線を無視した。

「兄がいなくなり一人っ子となったことで、ちと甘《あま》やかしすぎましたな。懲罰《ちょうばつ》を与《あた》えるのが妥当《だとう》かと」

ティグリスの無情《むじょう》な言葉に、ミンスの顔色は青から白に変わった。

「取り潰《つぶ》すと、うちがサイハーデンのために金を出さないといけなくなるしねぇ」

「立て続けの天剣就任《しゅうにん》式典で王家の蔵《くら》はだいぶ寂《さび》しいことになっておりますしな」

「そこまで派手《はで》なことはしてないけどね。まぁ、貧乏《びんぼう》所帯には痛《いた》い出費だったのは確《たし》かだけど」

「で、どうなさります？」

「そうねぇ……」

アルシェイラはしばし考えると、近くにあった念威端子《ねんいたんし》を呼《よ》び寄《よ》せてデルボネに伝える。

「向こうもちょっとドジったみたいだし、罰ゲームにしようか」

それからやや時間が空く。ミンスにとっては死刑《しけい》の執行《しっこう》を待つような気分だったろう。顔色はいつまで経《た》っても冴《さ》えはしない。

空中庭園に影が差した。

それは音を伴《ともな》って急速に範囲《はんい》を広げる。

全員が上空を見た。

アルシェイラも、天剣授受者である他の者たちも、その事実に驚《おどろ》きの声を上げない。誰が、どうやって、これを為《な》したのかを即座《そくざ》に理解《りかい》したからだ。

汚染獣《おせんじゆう》が降《ふ》って来た。

だが、それは一部だ。汚染獣の頭部と胴体《どうたい》の部分がちぎれ、腹部《ふくぶ》のさらに一部分が空中庭園のど真ん中に落下した。

「あ〜あ、ここは一からやり直しだなぁ」

そんなことを零《こぼ》しながら、その汚染獣の遺骸《いがい》を眺《なが》める。傷《きず》は、リンテンスが鋼糸《こうし》で切ったにしては荒《あら》い断面《だんめん》を見せていた。爆発で抉《えぐ》れたと考えるのが妥当のような傷だ。

体液《たいえき》は零《こぼ》れ続け、異臭《いしゅう》を放つ水たまりができる。

全員が見守る中で、唐突《とうとつ》にその腹部の内側から剣《けん》が生えた。

剣は腹部を縦《たて》に裂き、さらに円を描《えが》く。切り取られた肉が内側から押《お》しのけられ、そこから体液まみれになった遮断《しゃだん》スーツを着た小さな姿が飛び出した。

「うー、ひどい目に遭《あ》った」

ヘルメットからくぐもって聞こえる声は姿相応《そうおう》に甲高《かんだか》い。

レイフォンだ。

「考えが甘かったなぁ。あれじゃぁ、確実《かくじつ》に殺せないや」

そう呟《つぶや》きながらレイフォンは、体液でぬめる手で苦労しながらヘルメットを外した。

「陛下《へいか》、呼《よ》びました？」

「呼んだわよ」

この状況《じょうきょう》に動揺《どうよう》していないレイフォンに、アルシェイラは可愛《かわい》げがないなと思った。

「出来たてのスーツを早速汚《さっそくよご》してくれちゃったわねぇ。それもけっこう高いのよ」

「あ、ごめんなさい」

素直《すなお》な謝罪《しゃざい》に、アルシェイラは舌《した》を出す。

「べー。だめー。というわけで罰ゲーム。そこのミンスと戦ってもらいます」

「へ？」

動揺《どうよう》こそしてないが、状況を理解《りかい》できていたわけではないようだ。もしかしたら周りの状況よりも出てきた時に呟いていたことに気を巡《めぐ》らせていたのかもしれない。

驚《おどろ》くレイフォンを置いて、今度はミンスを見る。

「ミンス。このまま罰を与《あた》えたって不満が残るだけでしょ？　だからチャンスを上げる。レイフォンに勝てたら天剣を上げるわ。その代わり、あんたが負けたらこの庭園の修繕費《しゅうぜんひ》とかあれの撤去費《てっきょひ》とか、全部そっち持ちね」

あれ……アルシェイラの親指は、レイフォンを運んできた汚染獣の一部に向けられていた。

「なっ……」

罰《ばつ》と称《しょう》された内容《ないよう》に、ミンスが唖然《あぜん》としている。

「そんなものなのですか？」

「あら？　この庭園てけっこうお金かかってるわよ？」

「そうではなく。わたしは、あなたに反逆《はんぎゃく》しようと……」

「それで、ちょっとでもできてたわけ？」

「ぐっ……」

言葉を失い、ミンスが立ち尽《つ》くす。

「反逆をするのなら、もう少しマシな策《さく》を考えなさい。正直、間抜《まぬ》けにもほどがあるわよ。頭的にも実力的にも常識的《じょうしき》にも。普通《ふつう》、三つも揃《そろ》うと救いようがないわよ？」

アルシェイラの挑発《ちょうはつ》にミンスが乗ってくる。

無言で、腰《こし》の剣帯から錬金鋼《ダイト》を抜きだし、復元《ふくげん》した。

装飾過多《そうしょくかた》の剣が、陽光を反射《はんしゃ》する。

対して、レイフォンは天剣を基礎状態《きそじょうたい》に戻《もど》した。

「おいっ！」

その態度《たいど》を不真面目《ふまじめ》と取ったか、ミンスが怒鳴《どな》る。だが、レイフォンは気にせずアルシェイラに尋《たず》ねてきた。

「武器《ぶき》はなんでもいいですか？」

「自由に」

その言葉で、レイフォンは嬉《うれ》しそうに顔をほころばせた。年相応の、子供の無邪気《むじゃき》な笑顔だ。

「よかった。試《ため》したいことがあったんです」

レイフォンはそのまま屈《かが》みこむと、地面に転がっていた小ぶりの石を拾った。戦いの余《よ》波《は》で生まれた石材の欠片《かけら》だ。

「じゃあ、いつでもいいですよ」

つまりは、その石が武器ということだ。

「なめるなぁぁぁぁぁぁぁっ!!」

ミンスが吠《ほ》え、レイフォンに迫《せま》る。

それに対して、レイフォンは手にした石を投げた。なんのひねりもないまっすぐの投擲《とうてき》に、ミンスは顔を動かすだけで避《よ》け、自分の間合いにレイフォンを入れる。

勝った。

無防備《むぼうび》なレイフォンを前にして、ミンスは確信の笑みを浮《う》かべていた。

†

「ただいまぁ」

その声が聞こえてきたのは、リーリンがシェルターから出てきてから二時間もしてからだった。

台所で夕飯の支度《したく》をしていたリーリンは裏口《うらぐち》から入って来たレイフォンの姿《すがた》を見て、ほっと息を吐《つ》く。

「お腹空《なかす》いちゃった」

「はいはい。もうちょっと待ってね」

「ちゃんと、怪我《けが》してないからね」

「わかったわよ」

しかたがないなぁと呟《つぶや》きながらも、準備《じゅんび》をしていた食材の中に緑色の野菜はない。その代わり赤や黄色の野菜はたっぷりと用意しているが。

もちろん、お肉もたくさん用意している。

「やった」

嬉《うれ》しそうに笑うレイフォンが、その手になにかを持っているのを見つけた。

「なにそれ？」

「ああ、これ？」

レイフォンは握《にぎ》りしめていたそれを開いて見せてくれた。

「石？」

レンガのような加工された石の欠片だ。

「見てて」

レイフォンは言うと、それを天井《てんじょう》に向けて投げた。武芸者《ぶげいしゃ》の力を使わない普通の投げ方だ。

「なに？」

そう呟いたリーリンは次に起きたことに目を丸くした。

ゆっくりと天井付近まで上昇《じょうしょう》していた石が、突然《とつぜん》方向転換《てんかん》したのだ。右へ左へとせわしく駆《か》け回ったかと思うと、その石はレイフォンの手の中へと戻って来た。

「今日考えたんだ。すごいでしょ」

自慢《じまん》げな幼《おさな》なじみに、リーリンは驚《おどろ》きを呑《の》み込《こ》んで呆《あき》れた顔を作った。

「はいはい。そんな手品はいいから、すぐに手を洗《あら》って。汗《あせ》もかいてるならお風呂《ふろ》も入っちゃいなさいよ。なんか臭《くさ》いわよ」

「ええっ！」

驚いた様子で浴場へと急ぐレイフォンの後ろ姿に、リーリンは苦笑《くしょう》を浮かべた。

†

これより五年の後、レイフォンはガハルド・バレーンとの試合後にその不正を暴露《ばくろ》される。

民衆《みんしゅう》が彼の能力《のうりょく》の凄《すさ》まじさと、その力の暴走《ぼうそう》の危険性《きけんせい》を想像《そうぞう》したのは事実だ。

だが、彼を最も危険視《きけんし》し、声高《こわだか》に弾劾《だんがい》し、民衆を扇動《せんどう》したのがユートノール家であったことを、十歳の少年が予見できようはずもない。

# あとがき

【ご挨拶《あいさつ》】

雨木《あまぎ》シュウスケです。

よろしく！（新人のような爽《さわ》やかさで）

というわけで、八巻でございます。

そして、なにげに完全雨木名義《めいぎ》の本が、これで十五冊目となりました。（前に別の出版社で短編集に参加させていただきましたが、これは一応外《はず》すとして）

え？　微妙《びみょう》にきりが悪い？

……すんません、十冊目の時は素《す》で忘《わす》れていました。

なにはともあれ、作品紹介《しょうかい》していきたいと思います。

今回はドラゴンマガジン二〇〇六年十月号から十二月号に掲載《けいさい》された短編にあれやこれやしてあれっとした感じとなっております。書き下ろしもついたよ！

というわけでそれぞれの紹介を。

●クール・イン・ザ・カッフェ

短編第一号なのに本編主役のレイフォンを押《お》しのけて登場のフェリ。あれやこれやで青春しています。

●ダイアモンド・パッション

本編でなにかと硬《かた》いニーナをなんとか壊《こわ》したい。そんな意気込みで書いた青春物です。

●イノセンス・ワンダー

これを書いている時点ですでに本編での登場シーンの少なさを危《あや》ぶまれたメイシェンのお話。青春しています。

●なにごともないその日（書き下ろし）

レイフォンのグレンダン時代のお話。青春…………？

……………おいっ！（心の声）

いや、あとがきを先に読む人用にネタバレ防止《ぼうし》として詳《くわ》しい話は書けませんしね。ＡＨＡＨＡ。

【怪談《かいだん》】（※苦手な人は読み飛ばし推奨《すいしょう》）

さて、怪談募集《ぼしゅう》ですが……投稿者《とうこうしゃ》の数は増《ふ》えなかった！

着実《ちゃくじつ》に黒歴史の道を歩んでいます。

優秀賞《ゆうしゅうしょう》ですが、一応予定の変更《へんこう》を画策《かくさく》しております。ぶっちゃけるとプロジェクトレヴォリューションのレギオスカード（レア）を集めてサイン付きにしちゃおうと考えて自腹《じばら》を切ってみたけど、うまく集まっていません。

では……今回は、ページの都合《つごう》で一話だけです。（なお、掲載に際《さい》し手を加え、改編しています）

・『真夜中の来訪者』投稿者ポコさん

春から夏にかけてのある夜のことでした。その日、私は疲《つか》れていたので早めにベッドに入っていたのですが、ふと目が覚《さ》めたのです。おかしく思いながら、もう一度眠りに入ろうとした時、いきなり異常《いじょう》な圧迫感《あっぱくかん》と身動きの取れない不快感《ふかい》に襲《おそ》われました。

私は普段《ふだん》から金縛《かなしば》りになることが多かった為《ため》、その時は「あー、いつものやつか」と思って、普段の要領《ようりょう》で金縛りを解《と》こうとしました。

まず頭から動かすために重たい首をむりやり左に向かせました。すると、出窓《でまど》のガラスとレースのカーテンを挟《はさ》んで外側に人の横顔が見えたのです。最初は眠気もあいまって、ぼんやりとその人を見ていたのですが、不自然なことに気がつきました。

出窓には向こう側が見えないほど雑誌や小物類《るい》が積《つ》み上げられていて、更《さら》に窓には厚手《あつで》の黒と白のカーテンが隙間《すきま》無く引かれているはずなのです。

私がそのことに気付きまばたきをした瞬間《しゅんかん》、部屋は全《まった》く元《もと》の状態《じょうたい》に戻《もど》っていました。なにが起こったのか理解できなかったのですが、もう一つ有《あ》り得《え》ないことに気がつきました。

窓の向こうには人が立つことができるようなスペースは無いのです。

私はもう一度出窓を見ました。寝ぼけていたこともあり夢か現実か曖昧《あいまい》なまま、しばらく金縛りを解こうということも忘《わす》れていました。

するとカーテンレールとカーテンの間に何か黒い影《かげ》があることに気がつきました。

気付いて私は恐怖《きょうふ》しました。黒い影が少しずつ部屋の中へ入り込もうとしているのです。

言いようも無いヤバさを感じました。アレに、これ以上近づかれちゃまずい！

目を離したら次の瞬間にはそばに居《い》る、つかまるという不安や恐怖がありました。

部屋の明かりは、遠隔操作《えんかくそうさ》で点《つ》けることができました。私は、必死《ひっし》に手だけでもと思いながら金縛りを解き、手探《てさぐ》りで電灯《でんとう》のスイッチを探《さが》して電気を点けました。

すると影は、何も無かったようにスーっと消えたんです。

影が消えたとほぼ同時に金縛りも完全に解け、スイッチを握《にぎ》っていた私の左　掌《てのひら》と寒気《さむけ》の走っていた背中は汗《あせ》でグッショリでした。

アレは、本当に何だったんでしょうか？　今でも思い出したらゾッとします。

【次回予告】六月刊行予定ですよ〜。

リーリンが訪《おとず》れ、日は流れる。武芸《ぶげい》大会。夏の一日。穏《おだ》やかに、それは驚《おどろ》くほど穏やかに。

だが、レイフォンたちを取り巻く環境《かんきょう》は様々な思惑《おもわく》の中で変化していく。都市の中から、そして外から……

次回、鋼殻《こうかく》のレギオスⅨ　ブルー・マズルカ。

お楽しみに。

この忙《いそが》しい中、さらなる進化を遂《と》げているとしか思えない深遊《みゆう》さんに最大の感謝《かんしゃ》を。

雨木シュウスケ

〈初出〉

クール・イン・ザ・カッフェ　ドラゴンマガジン２００６年10月号
ダイアモンド・パッション　ドラゴンマガジン２００６年11月号
イノセンス・ワンダー　ドラゴンマガジン２００６年12月号
他すべて書き下ろし

富士見ファンタジア文庫

鋼殻《こうかく》のレギオス8

ミキシング・ノート

平成20年3月25日　初版発行
平成21年2月25日　九版発行

著者──雨木《あまぎ》シュウスケ《しゆうすけ》

発行者──山下直久

発行所──富士見書房
〒102-8144
東京都千代田区富士見1-12-14
http://www.fujimishobo.co.jp
電話　営業　03(3238)8702
　　　編集　03(3238)8585

印刷所──旭印刷
製本所──本間製本

定価はカバーに明記してあります

ISBN978-4-8291-3269-2 C0193

第19回「量産型はダテじゃない!」
柳実冬貴&銃爺
大賞賞金300万円にパワーアップ!
ファンタジア大賞
作品募集中!
気合いと根性で送るでござる!
きみにしか書けない「物語」で、今までにないドキドキを「読者」へ。
新しい地平の向こうへ挑戦していく、勇気ある才能をファンタジアは待っています!
大賞　正賞の盾ならびに副賞の300万円
金賞　正賞の賞状ならびに副賞の50万円
銀賞　正賞の賞状ならびに副賞の30万円
読者賞　正賞の賞状ならびに副賞の20万円
詳しくはドラゴンマガジン、弊社HPをチェック!
(電話でのお問い合わせはご遠慮ください)
http://www.fujimishobo.co.jp/
第18回「黄昏色の詠使い」
細音啓&竹岡美穂
第17回「七人の武器屋」
大楽絢太&今野隼史